中公文庫

汽車旅の酒

吉田健一

Chuo
koron

目次

汽車旅の酒

旅

三ヶ月目毎に、或は大体その位の所で五、六日ずつ、或は一週間位、旅行が出来たらどんなにいいだろうと思う。勿論、日常生活というものがあって旅行も楽める訳であるが、その日々の生活が三ヶ月も続くと、毎朝起きては風呂場まで行って髭を剃り、というようなことが鼻に付き始めて、仕事は一つが終れば、又次のに取り掛ることになり、何よりもこの仕事の繰り返しがやり切れなくなって来る。若いうちは別でも、そのうちにそういう仕事の十や二十、或は二百や三百をすませた頃になると、人間は何も仕事をする為に生れて来たのではないという実感が漸《ようや》く増して、それでも仕事をしないでも暮せる身分になれるまでにはまだ遠いから、要するに、生きている心地もなく仕事を続けることになり、併《しか》しそれが決して自分の本当の姿というものではないということをはっきり思わせて一日でも、一週間でも我々を兎に角、その間だけ解放してくれるのが旅行である。

汽車がごとごと揺れて走っている時、原稿など書けたものではなくて、それよりも、仕事を持って旅行に出掛けるのでは、旅行をする意味がない。それで、汽車はただごとごとと走り、東京駅を八時半頃に出た夜汽車が小田原に着いた時、駅でまだ生ビールを紙のコップに入れたのを売っていたのは見付けものだった。汽車に乗っている時は、こういう大したことはない飲みものや食べものを駅で買うのが楽みなもので、用事で横須賀線で鎌倉まで行くのでも、つい横浜でシュウマイを買わずにはいられない。併しそんなものではなくて、生ビールがあるのだから、こっちも、連れの人も、二杯ずつ買った。それがなくなった後は、まだ飲み残しの壜詰のビールとウイスキーがある。寝台が上と下と二つで一部屋になっている構造の寝台車の一室で、下の寝台に並んで腰掛けて、壜類は床に置けば、そう窮屈な思いをしないで飲める。難は、前が壁で、そのうちに何となく監獄にぶち込まれている感じがして来ることであるが、何故なのか、東京から金沢までの夜行には食堂車がないのだから仕方がない。序《つい》でながら、上野から新潟や金沢まで行くどの昼間の急行にも食堂車がないのは何故だろう。ゆっくり飲んだり、食べたり出来ない旅行は意味がない。

併しそのうちに眠くなって、朝起きるともう間もなく金沢である。駅に金沢の友達が宿屋の御主人を連れて立っている。旅行はこれも若いうちはどうか知らないが、新しい所よりもなるべくならば何度も行って、いつ出掛けても楽めることが解っている場所の方がいいのは、こうして行く先の駅でもう友達が出ていてくれたりして、道を聞いたり、宿屋の玄関で、東京から来た野次郎と喜多林ですがなどと説明したりしないですむからである。何ということはなしに、野田寺町の鍔甚《つばじん》に着いて、着いたらばお風呂に入ろうと思っていたのが、お座敷に落ち着いてビールだの、お銚子だの、河豚の糠漬けだのが並んだのを眺めているうちに、折角、たてておいてくれたお風呂ももう入らなくてもいい気がして来た。金沢の浅野川でも、犀川《さいがわ》でも、どっちかの川を見降す座敷で飲んでいれば、体は心に従って綺麗になって、ただもうそれだけで筋肉が弛む。或は、引き締るのか。兎に角、いい気持である。

いつか一度、そうして汽車で着いて半日でも、一日でも、着いた時のままで飲み続けたいと思うのだが、それにしては金沢では、行きたい所が多すぎる。その日は昼の食事に大友楼の大友さんの所へ行った。そこでどんな御馳走が出たかは別として、もうこうなれば完全に旅行をしている気分になり、原稿も締切りもあったものではない。

御馳走を食べては、又どこかに行って御馳走を食べて、いつの間にか夜なのだから、——旅行がしたい。

金沢

旅行をする時は、気が付いて見たら汽車に乗っていたという風でありたいものである。今度旅行に出掛けたらどうしようとか、後何日すればどこに行けるとかいう期待や計画は止むを得ない程度だけにして置かないと、折角、旅行しているのにその気分を崩し、無駄な手間を取らせる。京都に行くならば清水寺、鎌倉ならば八幡様と、それが旅行の目的になっては、まだ見たことがない場所、或は前に見た時と変っていないかどうか解らない場所に、行ってから或は当てが外れるかも知れない望みを持ち過ぎることになって、大体、そういうことをしては先ず当てが外れると見ていい。日光でも、ナポリでも、それ程に結構なものではないのである。東京も、花の東京と呼ばれたことがあった。そしてその当時の、今から二十何年も前の東京でも、凡《およ》そ花の都と言えるようなものではなかった。それを無理にそういう所に思う努力をするのは旅行ではなくて観光に過ぎない。

寧《むし》ろ、行った先のことは着いてからに任せてこそ、旅行を楽む余地が生じる。実際、自分がいつも住んでいない場所には、何があるか解らないのである。石川県の金沢と言えば、その名所や名産が色々と頭に浮んで、確かにあの二つの川で三つに分れた静かな町はそういう名所や名産がなくても何度行っても飽きない（ということも、行って見て始めて解ることである）。その金沢にバーがあるのを発見した。バーなどというものはどこにでもあってどこのバーも大体、同じようなものだと思って先ず間違いないが、どこでも同じバーの構造や仕組みが東海道線の沿線にない為に、東京の様に画一的な影響を受けず、金沢の町にしかない金沢の空気を作り出しているとすれば、これはただのバーではなくて、そこはそういうバーだった。この頃はどういう所でも、その店の名前が活字になると、直ぐに客がそこに押し掛けて行ってそこを荒らしてしまうからそのバーの名前も挙げないで置く。要するに、金沢に一軒のバーがあった。

そこに楽隊があって、こっちが注文する曲を何でもやってくれる。それが東京では（又、東京に似てしまった日本中の町では）流しの風琴弾きに頼んでも知らない曲でも何でもであって二十数年前の東京が花の都だとかいう曲も、このバーのことを書いていて思い出した。「ボレロ」でも、「巴里の屋根の下」でも、知らないというものがない。それで、昔懐しいということになりそうであるが、そこで「ボレロ」その他を聞いて飲んでいるうちに、その昔懐しいという言い方が多分に一人よがりなものであることに気が付いた。昔の東京は花の都と言える程のものではなかったが、静かな町ではあってバーでもその「ボレロ」か何かの音楽が流れて来るのを耳の半分で聞きながら落ち着いて飲んでいられた。「ボレロ」の曲でそれを思い出した時、そういう昔の静かな東京は確かに懐しい。併し静かであることが昔のものだと決めているのは東京を今のような修羅場にしてしまった連中でそれではロンドンとか、ニュー・ヨークとかいう現に今日、静かな町は、あれは昔なのだろうか。

兎に角、そういうお談義はどうでもいいが、金沢にそんなバーがあることを知って、金沢にいる間に二度も三度も行った。こういう所があるなと思って喜ぶことが出来るのも、旅のお蔭である。金沢は銘菓の「長生殿」に、兼六公園に、ごりの佃煮と決めて掛ってはならない。そういうことをするとバーを見逃す。又、ごりを本当にうまく料理する店を知らずに過すことになる。勿論、これは金沢だけのことではなくて、金沢にあったバーの話は、ただ一例を挙げたまでである。併しあすこにもう一度行って見たい。

金沢、又

中村栄俊氏御愛蔵の名器を陳列する中村記念館が出来るのは芽出たい。何年か前に御自宅に呼んで戴《いただ》いて宋の官窯の鉢を見せて戴き、余りにも立派なものなので暫《しばら》く酒の味を忘れたことがあった。併《しか》しそこがこういう名器というものの有難い所で、見ているうちに一層いい気持になり、酒が更に旨くなったのを覚えている。

酒の肴に名器を出して来て見せるというのは流石《さすが》に金沢である。いつも音楽を聞いていて名曲というのは飲み食いしながらが一番楽めるのではないかと思うのであるが、陶器や絵などで名品と呼ばれるものもそうであって、精神が刺戟されるだけ腹も空くし、喉も乾いて来て、それでその場で飲んだり、食べたりするものが一層旨くなる。又それにも増して、自分がいい気持になっているということが美酒佳肴の味を受け入れ易くして、杯の上げ降しにも余裕が生じて来る。金沢の旧家で御馳走になっているとそれを感じて、例えば、九谷焼きの瀬戸物などというのはその為に作られたのではないかも知れないが、九谷の杯で飲めば釉薬の色が酒の色を引き立て、酒は金色に、或は琥珀色《こはくいろ》に変って、目が楽まされるのが酔いにも一種の遊びの心地を加える。このやり方による御馳走の最たるものはこつ酒だろうか。古九谷の見事な大皿に鯛が反り返り、それを浸す酒がこつ酒にしかない光沢を帯びる時、何か海を飲む思いをする。金沢は謡《うたい》が発達しているそうである。それも解る感じがするので、朱塗りの壁に金屏風を置いてこういうものを飲んでいれば謡の一つも謡いたくなって不思議ではない。それも、その艶な空気から言って「鞍馬」のようなものよりも、「卒塔婆小町」の、

酔をすすむるさかづきは、寒月袖にしづかなり。……

という風な一節だろうか。
これも何年か前に、一緒に金沢に来た観世栄夫氏がお座敷で背広を着たまま「景清」を舞ったことがあった。そういう恰好であれだけの感じを出して舞えるのは見事と言う他なかったが、あれ程の芸であるならば、金沢で飲んでいる気分を更に忠実に

現して「熊野」とか「松風」とかをやって戴きたかった。そう言えば、能面でも殊に女の面はいつも何か月光を浴びているように思われて金沢で電気が点いている部屋で飲んでいてもどこかに月光が差している気がするのも金沢の酒というものの一徳かも知れない。「史記」の鴻門《こうもん》の会で樊噲《はんかい》が肉の塊を楯に受けて剣で切って食べるのと正反対のものでこれは金沢には豪壮なものがないということであるよりは豪壮なものもよくその周囲と調和して目立たないということでなければならず、それで例えばこつ酒は豪壮でありながら我々にはそこに寧《むし》ろただ豊かなものを感じて、金沢はいい所だなと思う。

九谷というものが金沢の町を或は一番適切に表しているのかも知れない。その昔、東京で何か色がごてごてした瀬戸物が沢山あって、それが九谷焼きだと教えられた為に、長い間、九谷というのはそういうものなのだと思っていた。併し色を少ししか使うのでなければいいものは出来ないということはない筈であって、これを人間の生活に喩えるならば、凡《すべ》て控え目にしてただ度を越えないことにばかり気を遣っているような生活は寂しくて窮屈でやり切れない。初めから材料がないならば仕方がないが、色も、食べるものも、飲むものも、又その他にあれこれとすることが幾らでもあるならば、それを自由に取り入れて生きて行きながら、別にそれで自分を見失わないでいるのが本当であり、九谷の、殊更に色を限定するとか、或る一つの型を狙うとかいうことをしないで美しい肌を作り出すやり方にはそれがあるのではないかという気がする。これは金沢の町というものがあって、それで九谷が出来たのだろうか。その二つとも、或る同じ一つのものから出ているのだろうか。

併し又、金沢は宋の官窯の鉢があって可笑しくない町でもある。或は寧ろ、それだからこそ九谷のようなものが出来るので、中村氏のお宅で御馳走になった時、この鉢の他に古九谷も幾つか出された。宋の鉢を用いることを知って、美酒に酔い、謡曲で夢心地に誘われ、ごりのような魚がすむ川に臨む町にいれば、そこの瀬戸物は固苦しくはならない筈であり、又そこには桃山時代の豪華とは別な或る冷たさも加ることになる。この冷たさを涼しさと言い換えてもいいので、金沢の人達からは恐しく頑固だということとともに、それと少しも矛盾せずに融通無礙《ゆうずうむげ》の印象を受ける。先ず生活の達人の町なのかも知れなくて、それならば、九谷はそういう人達がその毎日の生活で使うのに似合った瀬戸物だと言っても、お世辞に取られる心配はないと思う。

金沢、又々

何故か石川県の金沢に毎年行く廻り合せになっていつもそれが二月のことで、これが一年のうちで期待出来る楽みの一つである。そのことを書く気になったのももう十何年か続けて行っていながら金沢の長暖簾というものがあることを知らなくて、それを雑誌の写真で見て目が覚める思いをしたからである。併《しか》しそれに就ての記事に、「金沢にいったのは梅雨のときで犀川《さいがわ》の水があふれるように白く、早く流れ、香林坊は雨にけぶり、夜はぬれて光っていました、」とあったのにはもっと打たれた。そう言えばこの頃は二月であるが最初に行ったのは丁度その梅雨の頃で金沢という町は雨がよく似合う。世界中どこの町も雨が降っていると大概は綺麗に見えるものであっても金沢の雨は格別でそれが昼間でも夜でも雨であれば金沢に来て今そこにいると思うその感じに就てそこには時間が流れていると言っても説明にならないだろうか。

併し長暖簾というものを知らなかったのや古九谷に本式に心を奪われたことがないのはそのことで説明出来る。余りに静かに凡《すべ》てのものがそこにあって息づいているのが刻々に心に伝わって来ればその上に更に眼を楽ませようとは思わないものである。併しそれでも金沢ならばふと眼に留った手許の小皿が逸品だったりすることが少しも珍しくない。これは自分でも珍しく思わないということで寧《むし》ろこの頃の安価な合成樹脂の器などを金沢で見たら変な気がするだろうと思う。金沢にいると本ものと贅沢の違い、或は本当の贅沢が金の問題ではないことが言わばその肌合いで解って来る。犀川と浅野川と二つの川が町の中を流れているというような恵まれた町、贅沢な町があるだろうか。そしてその贅沢は生命が貴重なものであり、得難く思われるのと同じでそのまま平凡に繫る。まだ今日の日本でも本ものの時代が過ぎてはいない筈である。

道草

旅行をする時には、普通はどうでもいいようなことが大事であるらしい。或は、旅行をしなくてもそうなのかも知れないが、例えば、東京発午前十時何分かの汽車に乗るのに、十時少し前に東京駅に着いてゆっくり間に合うというだけでは、何か気がすまなくて、なるべくならばその又二十分前頃に行くことを心掛ける。別に、遅れてはと思うからではないので、その程度の時間があれば、改札口を通る前にあの乗車口の中を右の方へ行った所にある食堂に寄るのである。始終、御厄介になっているのに、その名前が頭に浮ばないのは申し訳ない気がするが、それ程、いつもあの右の方へ行った食堂ということが念頭にあるのだということで勘弁して戴《いただ》きたい。確か、精養軒だったと思う。併《しか》し精養軒でなかった場合に、そう言っては却って悪い。

兎に角、食堂に入ってどうするという訳でもないので、第一、直ぐ入るのではない。

食堂の入り口の右側に、色々な食べものや飲みものの見本を並べたガラス張りの棚があって、先ずここで何を頼もうかとあれこれ眺め廻す。決して山海の珍味が陳列してあるのではないが（そんなものは駅の食堂には不似合いである）、マカロニの上に肉の煮たのが掛けてある料理だとか、雞《とり》が入っているサラダだとか、見ている分には如何にも旨そうで、かと言ってそんなものをゆっくり食べている暇がないことは解っているから、結局は中に入って、生ビールにハム・エッグスという風なことになる。これは、何も午前十時でなくても、夜中の十時でも、午後の三時でも、それで間に合う取り合せだから、無難である。そして注文したものが持って来られて、飲んで食べながら、これも、別にどうだというのではない。併し駅の食堂でそんなことをしているのだと思えば、ビールも旨くなる。

全く、どうでもいいようなことであるが、これが長い旅に出掛けるのであればある程、汽車に乗る前にそういうことがしたい。その精養軒だか何だかは、駅の裏から入った場合で、八重洲口から行く時は、これこそ初めから名前さえも解っていなくて、その度毎に道に迷う、どこか二階の小さなビヤホールを苦労して探して入る。これも店の感じがいいとか、悪いとかいうのではなくて、寧《むし》ろ小さな店が二階に他の店の間に挟っているのだから、風通しが悪くて暑苦しいが、汽車の発車を控えて、まだ一杯飲めると思ったりするのは、それ自体が旅の気分である。駅というのは妙なもので、時間が全く慌しくたって行く感じがするのみならず、事実、時間が他所《よそ》とは違ったたち方をするのではないかと思われるのを、ビールの一杯、又一杯で、食い止めるのではなくて、何と言うのか、味うのである。併しやはり、廻りの空気に急かされるのに負けて、汽車が出る所へ行っても、なかなか出ない。

勿論、汽車が動き出せば、もうそれでいいという訳ではない。その点、東京発の汽車の多くは、少し遠くへ行くのならば食堂車が付いているから、暇を潰すのに便利であるが、上野発の信越線、北陸線などのには食堂車が大概ないのは、牽引力の問題なのだといつだったか、そういう係の人から聞いた。つまり、山がある為に、汽車が食堂車まで引っ張って走るのは不経済だということになるらしい。併しそれならばそれで別な時間の潰しようがあって、例えば、上野から北へ行く線の駅はどこか東海道線のとは違っている。汽車が止る毎に降りて歩き廻って見ると解ることであるが、一つにはこれは、改札口の向うにある町の景色がそうなのかも知れない。駅前からいきなり大きなビルが並んでいるというような所は少くて、多くはそこに広場があり、小間物屋や小さな食べもの屋が店を出しているのが、何となく入って見たくなる。夜になると、明りが疎《まば》らなのが人懐っこくて、益々降りたくなる。

この頃はこういう駅の中で店を出している蕎麦屋がもりやかけだけでなくて、天麩羅だとか何だとか、種ものを作るのが多くなった。天麩羅と言っても、もう出来ているのを積んで置いて、それを蕎麦の上に載せるのに過ぎないが、長岡駅にそういう小店が一軒あり、もっと先の新津駅にもあって、乗り換えの汽車が来るのを待っていたりしている時、よく一つ食べて見たいと思う。それをまだやったことがないのは、東京駅の食堂でまだマカロニに肉の煮たのを掛けたのを注文したことがないのと同じで、眺めているうちに、面倒臭くなって来るのである。併しかけに生玉子を入れたのは随分、方々で食べた。それから、これは東海道の駅に多いが、生ビールをスタンドで飲んだこともある。そういう時には、いつ汽車が出るか解らないという気持も確かに刺戟になるようで、最後のビールの一杯、或はかけ蕎麦をすませて、まだ汽車が出そうな気配もないと、残りの何秒間か、ただそこにそうしているのが楽める。

飲んだり、食べたりばかりしていることになるが、他に実際に何もないのだから仕方がない。売店で雑誌を買うなどというのは、買えば少しは読まなければならず、そんなものを読むのでは家にいるのと同じである。駅の壁に掛っている温泉場の広告を見て歩くのは、それよりも少し増しで、何故か普通の人間の倍位は大きく感じられる美人の顔がこっちを向いているのが、そこまで行って見たくさせる。大きな美人がいい訳ではないが、普通の人間の倍ならば、これも壮観であり、それ程大きくない美人もそこにはいるかも知れない。宿屋の写真が出ていれば、これも決って広大なものであって、そんな所に旅行案内などに書いてある一泊千何百円かで本当に泊れるのだろうかと思う。併し出来るのだと考えられる節もあって、それならばその広大な宿屋もこっちの手が届く所にあり、そういう所に一週間もいたら、こっちも結構ふやけてしまって、これは体にいいに違いない、という風な空想に耽る。

併し兎に角、旅行している時に本や雑誌を読むの程、愚の骨頂はない。読むというのは、そこにあることの方へ連れて行かれることで、新潟にいても、岡山にいても、北極のことが書いてあるのを読めば、自分がいる所が北極になる。又そうなる程度によく書いてあるものでなければ、読んでも仕方がなくて、自分が折角、岡山だかどこだかにいるのに、北極にいる積りになることはない。どうも、道草をして、旅に出ている気分になるには、飲んだり、食べたりに限るようである。駅の売店でかけ蕎麦を食べていても廻りの眺めは眼に入って、弁当売りの声を聞いているだけでも、自分が旅をしていることが感じられる。

汽車に戻ってからは、仕方がないから、隣の客の顔を盗み見していることにならない具合に、外の景色に眼をやってでもいる他ない。席で飲むという手もあって、勿論、飲むのであるが、それもしまいにはどことなく鹿爪らしくなって来て、つまらない。併しそのうちに汽車がどこか、自分が行く所へ着く。宿屋に着いたならば、寸暇を惜んでビールを持って来てくれるように頼むことである。酒でもいいが、これはお燗をするのに時間が掛って、目的は、宿屋に着いてからはどうせ何かすることがあるのに、それをしないで飲むというその心にある。その要領で、しなくてもいいことをする機会が幾らでもあるから、旅は楽しい。

汽車の乗り方

これも、ただ乗ればいいと言ったものではない。勿論、ただ乗っていさえすれば、そのうちに汽車は動き出すが、それから先、或る程度は頭を使わなければならないことが幾つかある。紙屑を散らかさないとか、窓を開けて、線路の傍で遊んでいる子供に旨く当るかどうか、ビールの空壜を投げ付けて見てはいけないとか、隣に腰掛けている女が生きているのか、それとも等身大の人形か、腋の下を擽《くすぐ》って験したりしてはならないとか、そういうことは実行する、しないは別として誰でも一応は知っている。

女の足は概して大きいから、これを何かの拍子に踏まずにいるのは容易なことではないが、精神一到、その位のことが出来ない筈はない。そしてこれは、男の足の場合も同じであるから、汽車は決してただ乗っていればいいだけのものではない。殊に、便所その他に立つ時には注意を要する。それでその逆の場合を思い出したが、国鉄のお情でこの頃は特別二等車というものが出来て、ボタンを押すと椅子の背中が後に倒れ、水平に近い位置で眠れるように工夫してある。但しその位置で余りいい気持で眠ってしまうのは隣の客に迷惑を掛けることになることもあるのを、少くとも承知だけはして置くべきである。

或る時、或る場所まで寝台で行くよりも、特二の方が安くて飲み代が出ることを発見し、寝台の料金を請求して特二で行ったことがあった。そして暫《しばら》くして、まだ食堂車が開いている時間であることを思い出し、寝台と特二の差額を使ってやろうと早速立ち上った所が、それが窓際の席で、隣には大男が椅子を倒してもうぐっすり寝込んでいた。それでどうしたかと言うと、どうもこうもないので、その男を踏み台にするのでなければその巨体を乗り越えることは出来なかったから、食堂車行きは断念した。併《しか》し朝になってもまだ寝込んでいたから、業を煮やしてこの男の体を攀《よ》じ登り、どうにか外に脱出した。だから、と言ってもこれは面倒な問題であって、自分の席にいて寝ようと、起きていようと勝手だという見方をするならば、それでも通るが、ただそれならば夜中に、或は翌朝、隣の客が自分の体に取り付いて登山術の妙技を演じていることが解っても、怒ってはならない。その奴はただ食堂車に行きたいだけかも知れないので、それがいやならば、なるべく窓際の席を選んだ方が服が汚れずにすむ。

普通の二等、或は三等で、足を前の席の背中にのっけて寝る場合は、隣の客はその下を潜って行けるから、構わない。序《つい》でに、隣の席まで占領してくの字になって寝れば、隣の客になる筈の人間は通路に立たざるを得なくなるから、この方が安全だとも言える。

尤も、そうして寝ている恰好はなかなか見栄えがするもので、そこを写真に取られて週刊誌に出されたりしても、これも怒ってはならない。「お行儀拝見」という風な特集にカメラマンが血眼になって材料を探している時、その材料にされたというので文句を言う筋はなさそうに思えるからである。そういう特集に出た自分の姿を想像して見るのも、汽車に乗った際に役に立つことがある。

超特急

どこかに行く場合、そこに早く行ければ行ける程いい、とは限らないが、目的がただそこに行くことだけにあるならば、確かにそこに着くまでの時間がなるべく短い方がいいので、理想は、そこに行きたいと思った瞬間にもうそこにいることであり、何《いず》れそのうちにそんなことになるかも知れない。今度の新幹線を走る列車は、空港までと空港からバスに乗らなければならないことを勘定に入れれば、東京から大阪まで飛行機と大体同じ位の時間で客を運んで行くらしい。この新幹線の途方もない急行でなくても、現にもとの東海道線を往復している「こだま」は、東京か大阪に用事がある人間が大阪からか、東京からか、まだ日が高いうちに東京、或は大阪に着いて、用事をすませて晩までに戻って来られる為に運転されている列車だそうだから、要するに、世の中には忙しい人間がいるものだということになる。

所で、こっちはこの「こだま」に乗ったことがないし、乗る気もなくて、今度の新幹線の「ひかり」にも少しも乗りたいとは思わない。日本人は貧乏だから（というのが既に眉唾ものであるが）、自家用の飛行機や東京、大阪間の私設電話を持っているものが少いので、それでせめて汽車に乗っている時間を短縮したいという多勢の望みを国鉄が実現しに掛っているということなのだろうか。併《しか》し東京と大阪の間を一日で往復しなければならない程忙しい生活というものがどうも満足に想像出来ない。例えば、電話するだけでは片付かない用事なので相手がいる所まで自分で出向いて行くというのならば、その相手に会って恐しくせかせかと話を進めなければ、帰りの「こだま」に乗り遅れることになる。今度の「ひかり」ならばその心配はなくても、そうすると次には、用件を二つか三つ、恐しくせかせかと捌《さば》き、どうにか上りか下りの「ひかり」に間に合うという風なことになるのに違いなくて、その辺から何だか気持がげんなりして来る。

併しそういう忙しい思いをしている人達がいて悪いということはないので、それだから新幹線が出来て今よりももっと早い急行が走るようになるのはいいことである。そしてその恩恵は、そんなめまぐるしい生活をしていない人間にも及ぶ訳であって、

「つばめ」よりも早い「こだま」が出来た上に、その「こだま」よりも早い「ひかり」が走り始めれば、旧東海道線の席を取るのがもっと楽になることは先ず確実である。それに、新幹線を行くのは「ひかり」だけではないから「ひかり」でなくてもいいから新幹線でどこかに行きたいものが多勢、そっちを走る列車に争って乗ることは更に確実で、そうすると、我々に馴染み深いもとの東海道線の列車はもっと空くのではないだろうか。

新幹線と言うと、皆何故か夢の超特急のことばかり考えるらしいが、新幹線が開通したことの本当の有難味はこの交通緩和の点にある筈である。もっと多勢のものが汽車に乗れるようになったからという、ただそれだけの理由で今よりももっと多勢のものが汽車に乗ることにならない限り、少しは汽車の旅行が昔の俤を取り戻すことが期待される。

これは、用がないものは汽車に乗るなということではなくて、その逆である。どうしても東京から大阪まで二、三時間で行って用談をすませて又、二、三時間で戻って来なければならない人達の為だけの汽車の旅行ではないのであって、お盆に田舎の婆さんにお土産を買って帰る小僧さんも、金沢の造り酒屋さんの所に甑《こしき》倒しのお祝いに行く飲み助も汽車に乗り、そういうのはその孝行な小僧さんも、ゆっくり途中を楽んで行く早さの汽車に乗る権利がある。その場合は、目的はただ婆さんにお土産を届けることにだけあるのではないだろう。婆さんも待っているだろうが、その息子だか、孫だかが段々自分の所に近づいて来るのを知って嬉しくなっているのであり、小僧さんの方ももう直ぐだと思いながら、途中の駅で弁当を買ったりしていい気持になることを望むのである。飲み助に就ては言うまでもない。光の速度などというのは学者が知ったことで酒とは関係がない。

ここで旅行というものに就て一般論を試みるならば、旅行すること自体が或る程度まで目的でないのは旅行とは言えないので、何れもっと機械、器具が発達すれば、ただ用事を足すだけの場合は旅行しないですむようになるに違いない。昔は人と懇談するのに、その人がいる所まで行かなければならなかったというような按配になるのである。それだから、例えば、日本からヨーロッパまで行くのに北極廻りの飛行機に乗るのはつまらない話で、往復二日だけ余計に時間を取って南を廻った方が、サリ姿のインド人のスチュワーデスが見られるだけでも旅行している気分になれる。北極廻りでは海らしい海も見えない。又そういう訳だから、三つも四つもの会社の社長を兼ねている人間でもないのに、二、三時間の差を惜んで新幹線を泡を食って突っ走ることはないのであって、やはり汽車が米原を過ぎたらもう直ぐ京都だと思う位の、そういう早さで汽車には乗りたいものである。

碌に旅行したことがないものだから、旅情などという言葉を持ち出して、自分が生れる前の昔を恋しがったりすることになる。交通機関が発達すれば、旅行することが出来なくなるなどというのは嘘であって、昔の宿場に代るものが今日の鉄道の駅であることが解らないものは、自分の廻りを見廻す眼を持っていないのである（空港は港である）。今のうちは新幹線が嬉しくて途中の景色も眼に入らないし、飛行機に乗るというのでわくわくして空港が港であることにも気付かずにいるということもあるかも知れない。併し新幹線もやがては新しくなくなって第二の東海道線で通ることになるのであり、飛行機に乗るのが別に珍しいことでなくなった人間は既に沢山いる筈である。自分が乗っているものが珍しくてしようがない状態が続く間は勿論、旅行も何もあったものではない。併し飛行機が滑走路を一周してこれから離陸するという時に、可憐に足を揃えることを知っている人間も既にいることと思われる。

そうなると益々、新幹線、或は第二の東海道線は何が何でも急いでいる人達の為の線で、それだって旅行でないこともないだろうが、旅行したくて、或は用事を兼ねて旅行も出来る人達は今の東海道線で行くということになりそうである。その東海道線の列車が新幹線のを真似て駅での停車時間を今の半分に短縮することで、東京から大阪まで今よりも四分半早く着くような不心得を企んでいるとは思えない。一体に、汽車の旅行の楽みは、停車と停車の間に流れる時間というものもあるが、途中の駅で降りて、例えば、名古屋駅でお燗した酒を売っていることを発見するというようなことにもある。そういう天下泰平の楽みをこれからも繰り返したいから、新幹線が忙しい人の数だけの乗客を今の東海道線から減らしてくれるのを有難く思うのである。

或る田舎町の魅力

何の用事もなしに旅に出るのが本当の旅だと前にも書いたことがあるが、折角、用事がない旅に出掛けても、結局はひどく忙しい思いをさせて何にもならなくするのが名所旧跡である。極めて明快な一例として、鎌倉に旅行した場合を考えて見るといい。余り明快でそれ以上に、何も言う必要はないだろうと思う。

勿論、名所旧跡がある場所でも、見物しに行かなければいい訳であるが、そういうものがある場所の人間は習慣から、観光客を逃すまいとしてきょろきょろしている癖があり、それがその町の空気を変なものにして、何もしないで宿屋で寝ていてもどうにも、落ち着かなくなっていけない。その昔、何年振りかで又パリのルーヴル博物館の中庭に立つことになり、頻りにそのもっと昔を懐しんでいると、アメリカ英語を話すガイドが早速やって来て案内をしようと言い、不愉快に思って黙っているのに向うも勝手に腹を立てて、悪態をついて行ってしまった。

尤も、パリ位の大きさの町になれば、大きいだけに町の人間が観光客ばかりを相手にして暮してはいなくて、ルーヴルのガイドでもない限り、大体、放って置いてくれるが、普通に名所旧跡で知られている場所は、殊に日本では、その他に何もなくて、それがそこの気分を旅人にも慌しく感じられるものにする。箱根では温泉であり、吉野では桜であり、奈良がいい町なのは名物の寺や仏様が本ものの名物だからで、従ってこれは例外である。

それで、何もない町を前から探していた、と言うよりも、もしそんな場所があったらばと思っていて見付かったのが、八高線の児玉だった（高崎線の本庄からもバスで約二十五分で行ける）。幾ら何もないのが条件でも、それには更に条件が付いているのは説明するまでもないことで、例えば、筆者が今これを書いている新宿区払方町の三十四番地も何もない所だが、余り何もなくて、こんな所に旅までして行く気は少しも起らない。やはり、何もない上に、何かそこまで旅に誘ってくれるものがなければならないので、昔は秩父街道筋の宿場で栄えた児玉の、どこか豊かで落ち着いている上に、別にこれと言った名所旧跡がない為ののんびりしたい心地にそれがある。併《しか》しその前に、どうしてこの町があることを知ったかを説明しなければならない。

要するに、三年か四年前に、児玉の高等学校から(そういうものは児玉にもある)、講演に来るように言われたのである。これはチャタレイ裁判の縁だったので、伊藤整氏が八高線の終点の八王子附近に住んでいたのがやはり講演を頼まれ、そのお相伴にこっちも呼ばれて行くことになった。そして伊藤さんは間際になって来られなくなって、それでこっちは二人の持ち時間一杯、喋らされて息も絶えだえになったが、そのお蔭で児玉がどんな町か知ったのだった。後で御馳走になった料理屋の前が児玉の大通りらしくて、向う側の薬屋には昔ながらの、二階の屋根と同じ高さ位の中将湯の看板が二階の障子を隠していた。戦争で焼けなかった児玉にはそういう店がまだ残っているのが、何とも懐しく感じられた。その店を見付けたのが丁度夕方になった頃だったこともその気持を手伝った。随分、沢山の講演料を貰ったことも覚えているが、この方は伊藤さんの分も入っていたのだろうから、別に不思議ではない。

それから何年かたって今月、児玉のことを思い出して、又行って見たくなった。無理すれば日帰りで行ける所に一泊するのも、横須賀線で乗り越ししてよく田浦辺りで一泊していた頃の記憶を甦らせてくれていいだろうと考えた。それで「旅」の編集部の岡田さんに頼んで児玉のことを調べて貰った。三、四年前とは様子が違っているかも知れないし、八高線の汽車が出る時間ももう覚えていなかったからである。

岡田さんが提供してくれた資料のお蔭で、児玉は本庄からバスで行くことも出来ることが解ったが、やはり八高線で行くことにした。八高線というのは八王子から高崎まで、聞いたこともないような駅ばかり通って行くがら空きの線であるのから見るとどうも昔、軍事上の必要から作られたものではないかと思う。併しそれだけに、これものんびりした線で、これで行って児玉の駅で降りる所に何とも言えない味いがある。序《つい》でに、八王子までどうして行くか知らない人の為に書いて置くが、やはり岡田さんに教えられて、浅川行きの国電が八王子を通ることを知って驚いた。浅川行きというのはいつも見ているので、八王子はそのもっとずっと先にあるのだと思っていた。前に鎌倉から行った時は、横須賀線から横浜線に乗り換えて八王子に着いたのだった。

八王子で八高線に乗り換える頃から、児玉行きの気分が始る。兎に角、乗客が少くて二等はないが、英国の汽車と同じことで三等で楽に行けるから、二等車など付ける必要はない。始発十一時三十分、終発が十五時二十二分で、日に四本しか出ていないのもこの線らしい。だから軍用でなければ全く鑑賞用で、その他に今日では、沿線の基地に住むアメリカの兵隊さんが利用している。

　八高線の景色も変っていて、信越線で通る関東の平野は如何にも関東風に寂しいものであるが、この八高線はそのどこか裏を通っているようでもっと人間臭くて、早くから開けた昔の街道か何かがこの辺にあったのではないかと思う。そしてそんな積りで懐古的になっていると、急に洋風の住宅がやたらに現れて、どこの飛行場なのか、真黒に塗った四発の飛行機がずらりと並んでいたりする。乗客にしても、何を話しているのかちっとも解らないのがこの辺の方言で、よく解るのでどこの国の言葉だろうと思って考えて見ると、それが英語だったりする。

　併しやはりのどかな、眠くなるような景色が主で、児玉まで八王子から二時間半以上も掛るから、今度は心得て菊正の壜詰めを一本と毛抜き鮨を一箱持って行った。八王子を十四時に出る汽車を選んだのである。前に行った時はお天気で、実際に眠くて嬉し涙が出そうな、きらきら光る小川の脇に萱葺きの屋根ばかりの村があったりしたが、今度は曇っていて、それがどこだったか気が付かなかった。その代りに酒と毛抜き鮨があって、汽車の速度は八王子まで乗って来た国電の後では日本一にのろいものに感じられた。余りゆっくり進むので、コップを席の肘掛けに置いても、転げ落ちる心配がないのも有難かった。児玉に行こうと思う人には是非この八高線をお勧めする。上野から本庄まで信越線で行けば、準急ならば直ぐに降りなければならない。

児玉には宿屋が一つしかないが、これは田島旅館という、部屋が二、三十はある立派な旅館である。前の時は無理して日帰りしたので、こんな旅館があることは知らなかった。三階建てで、三階の眺めのいい部屋に通され、それで又、児玉という町の懐しさが戻って来た。百年はたっただろうと思われる銀杏の大木が目と鼻の先に聳《そび》え、見降ろす家並みのどの屋根も上質の瓦で葺いてあるのは、つまり、昔の東京もこういう町だったのである。その向うに緑を拡げているのが鎮守の森だった。遠くから豆腐屋が昔通りの節で喇叭《らっぱ》を吹いて廻るのが聞えて来そうで、部屋で飲んでいるうちに喇叭の音は聞えて来たが、あの節だけはどこでも戦争中に忘れられてしまったらしい。

その眺めを前にした廊下と反対側の窓からは秩父山脈ではないかと思われるものが見えた。下を覗くと、家に挟まれた広い横丁で、誰も通らなかった。広い場所に人間が少くて、始めて文化と呼ぶに足るものが生れる。それはどうでもいいとして、こういう児玉のような町に来ると、やっと時計がカチカチ言うのが気にならなくなって、つまり、一人でゆっくり酒も飲める。思えば、漢詩などを読んでいると、ここにこそ文化の本質があるという感じがするものだが、洛陽の都に何十万、或は百何十万の人間が集っていたにしても、洛陽にはそれだけの広さがあり、支那はその何層倍も広かったということに対して、誰もが知らん顔をしているのは不思議である。

という風な優雅な考えに耽りながら、お風呂に入ってから宿屋の部屋で飲んだ。菊正の飲み残しがあったのでこれをお燗して貰い、それがなくなってから児玉で作っている千歳誉という酒を飲んだ。これは旨い酒である。例えば酒田の初孫や新潟の今代《いまよ》司《つかさ》と同じく、これもこの地方の需要を満すだけで、余り沢山は作っていないようであるが、児玉に行ったらこの酒を頼むといい。尤も、この酒はその蔵元である児玉の町長さんの所に行って、特別に譲って貰って来たのだという宿屋のおかみさんの話だったから、いつでもあるとは限らないのかも知れない。どうしておかみさんがそんなことをしてくれたのか、この前に来た時の飲み助としての評判がまだ児玉の町で忘れられずにいたのだとすれば、酒はなるべく飲んで置くものである。

児玉という静かな町に、何故こんなに大きな旅館があるかということも、この辺で説明しなければならない。おかみさんの話では、この辺は軍人に作戦の演習をさせるのに非常に適した地形なので、終戦までは将校演習に多勢の人間が児玉に来てここに泊り、その時は廊下にまで蒲団を敷き並べたものだということだった。序でに児玉の歴史に就てもう少し書くと、ここは昔、武蔵七党か何かの一つだった児玉党の本拠だったので、城趾の濠が池になっている傍を、この前に来た時に通った。後には秩父銘仙の集散地としても相当なものだったらしくて、信越線が開通してからその商売を本庄辺りに奪われたのではないだろうか。併しそのお蔭で、今は我々でもそこの旅館の一番眺めがいい部屋で、文化は人口が少い所に限るなどと太平楽を並べることが出来る。

第一、児玉の町は静かでも、一向に寂びれているという感じはしない。この前来た時から映画館も増設されて三つになり、パチンコ屋も三軒あるということだった。郵便局の建築が洒落ていて近代的なのは、どこかの新聞に写真入りで出たそうである。それに、焼跡の拡張ではなしに、と言うのは、両側に落ち着いたたたずまいの家が並んでいて、道が広いのが気持がいい。並木などなくて雨模様の空の下を燕《つばめ》が飛んでいるのも、昔の東京を思い出させてくれる。これは併し、並木というものがいけないというのではなくて、町が焼けてぴかぴかの新しい建物ばかりが建ち、道の幅が倍も拡げられたりすれば、並木も必要になって来るし、道も舗装されなければならなくなる。

児玉という町は、何も舗装道路や、並木や、ジャズをやっている純喫茶だけが例の、文化とか何とかいうものではないことに気付かせてくれる点で、或はそこにいる間だけでも、そういう見方が横行していることを忘れさせてくれる意味で、珍しく豊かなものを持った町である。併しこれも、東京から来た通りすがりの人間の勝手な見方かも知れない。

児玉には何もないと言ったが、名所旧跡がどうしても欲しければ、この町には塙保己一の生家があって、行けば色々な宝物を見せてくれる。それから車で二十分ばかり行った所に金鑚《かなさな》神社があり、これは山が本殿になっている形式の、日本に三つしか残っていない神社の一つで、その境内は新緑でうっとりする位美しかった。神鹿が寄って来そうな別天地である。併しそれは児玉という町が別天地であるのとは意味が違う。最後に、東京からの往復の汽車賃を入れて、一泊して特級酒を一升ばかり飲んで三千円掛らなかったことを記して置く。

姫路から博多まで

東京から姫路に行き、そこから竜野、因島、呉、広島、光、宇部と廻って、宇部から博多、そして博多から大阪に行って一泊して、東京に帰った旅行についてこれから書こうと思う。併《しか》しこれは十月に、文藝春秋新社の講演旅行で行ったので、実際には種々の都合から、地図に書いてある通りにこのように西へ西へとは行かずに、前からもう一度訪ねたいと考えていた岩国の駅を三度も四度も、こっちから、又あっちからと通過する径路を辿ることになり、それでは周遊の形にならないから、ここでは右に示した順序に従うことにする。余り事実を固執しては旅情が殺《そ》がれるし、又この方がこの場合は実用になる。

こういう旅行には、どうしても夜汽車を利用しなければならないのは苦手である。併し日程からいって仕方がないことで、銀座でそのわびしさを消す時間を適当に過してから、東京駅発午後九時の「安芸」に乗り込んだ。同行の諸氏については、ここでは省略する。旅行そのものについて書くのが目的で、筆者を初めとして誰も高見順氏とか、檀一雄氏とか、小川哲男氏とかいうような人物と始終、旅行する訳ではないし、又それが望めもしないからである。

翌日の九時に姫路に着いて、駅から直ぐに車で姫路に向ったから、姫路は駅の向うに城が聳《そび》えているのが印象に残っただけである。城が残っている町の人々が城に執着する気持はよく解る。修築や再築の話が持ち上ると、徳川幕府のように恐い眼を光らせる一群の文明批評家がいることは知っているが、城を封建的と考える代りに、これを何故、自分の祖先の生活と結び付けることが出来ないのか。東京でも、東京で唯一の昔の名残りは宮城になる日がくるのが既に見えている。

竜野は、これも脇坂氏の古い城下町で、丁度、晴れた午後だったので眠たくなるように落ち着いた感じだった。天支別館という宿屋で、そこの客間で休んでいたらば、緑色をした小鳥がいきなり部屋の真中に落ちて来た。飛んでいるうちに窓硝子にぶつかったものらしくて、それ程野鳥が多いということになる。併し竜野で鳥料理は出なかった。この町は淡口の醬油で知られていて（だから、焼き鳥ということを考えたのであるが）、我々が関東で見馴れているのよりも淡い色をしたこの醬油は、ただ飲んだだけでも旨い。この醬油のもろみを缶詰にしたものもあって、どこに送られるのか、東京では見ない。この町に、松山雅英氏がやっておられる竜野窯があることも、この時始めて知った。口当りがいい、ぐい吞みを一つ戴《いただ》いて、旅行中にも重宝した。

翌日、竜野から姫路に戻って、十時三十三分の急行「筑紫」で尾道に行き、そこから船で因島に渡った。因島は、講演などという用事がなくて行っても、或はその方が却っていい所である。瀬戸内海という多島海の中に、この島が他の島に加って鎮り返っていて、日立の大きな造船所があるのに全く爆撃を受けていないようであり、上陸すれば、島とは思えないだけの広さがあって、そこに昔の田舎の町らしい家が並んで狭い通りになっているのが、まだこんな所もあったのかという気持にさせる。造船所を囲んだ町の他は、島の大部分が蜜柑畑だと書けば、少しはこの島の感じが伝わるかも知れない。

そして因島の蜜柑は逸品である。昔は、蜜柑畑に勝手に入って蜜柑を取って食べても、家の蜜柑をそんなに好んで下さるかと却って喜ばれた由。この習慣がこの頃なくなり掛けているのは、戦時中に他所《よそ》から入って来たものが袋を担《かつ》いで蜜柑畑を荒して廻ってからだということだった。何か桃源郷に遊ぶような話であるが、実際にそういう所なのだから仕方がない。その晩泊ったのは麻生旅館。

翌日、船で糸崎に行き、午後二時五分発の「筑紫」で三時四十一分に広島に着いた。広島には、呉から友達の野々上慶一氏が迎えに来ていてくれた。これも個人的なことであるが、文藝春秋新社の講演旅行と違って、どこかに出掛けて行って、そこにいる友達の世話になるというのは誰にでもあることだから、ここの所は写実で行って構わない筈である。

広島から呉まで、車で二時間位だったかと思う。呉という町が呉線といって、山陽本線とは別な線にあるのが厄介なのである。併し呉は野々上さんの本場で、会った時からもう大船に乗った気持になった。呉に着いて森沢旅館に鞄を置くと、野々上さんは早速、銘酒の「千福」を作っている酒造会社に案内してくれた。

呉は今度の戦争で殆ど全焼して、「千福」も焼跡に新築した部分が目立つが、酒を作っている場所に特有の落着きはある。如何に近代的な設備を誇っても、日本酒を作る過程そのものは手工業であって、これは葡萄酒やウイスキーと変りはない。瓶詰が前よりも手際よく行くようになった位なものである。

呉で飲んだ「千福」は、この旅行で飲んだ中で一番旨い酒だった。尤も、これは「千福」を作っている所に行ったからそうなので、同じこの地方でも「賀茂鶴」や「酔心」を飲んだら、どういう結果になったか解らないのかも知れないが、要するに、姫路から広島までの間の地方は、東は灘があり、西は広島が控えているので、余り旨い地酒がないらしいし、又、そういうものを作る必要もない訳である。岩国に「名橋正宗」というのがある位のようで、これには今度は接する機会がなかった。「千福」さんの応接間には「千福」と、それから広島名物の牡蠣が壮観を呈していて、時間の都合でもっと飲んで食べられなかったのが残念だった。

その晩は、「かなめ」という料理屋で又「千福」と牡蠣の御馳走になった。その牡蠣がフライで、生のをと頼んだら、焦げる位に焼いて出されたのは悲しかったが、おかみさんが当るといって聞かないで、その親切に対してはどうにもならなかった。呉は湾を囲む緩い傾斜を建物が埋めた按排になっていて、その全部に明りがついた夜景は実に美しい。尤も、そんなことは余り気に留めずに飲んだ。

翌日、起きて見たらまだ「かなめ」にいて、その時来て貰った按摩さんは呉名物の一つに数えていい。旅の疲れがどこかに行ってしまって、又「千福」を飲み直した。

この人は天狗さんという名前で、呉に行けば誰でも知っている筈である。

枚数が尽き掛けているので、先にその後の旅程を書いて置く。

その日、午後二時三十六分広島発(「早鞆《はやとも》」)、同四時三十三分徳山着、徳山から車で光。光観光旅館。

翌日、午後十二時二十六分光発、同二時四十九分西宇部着、西宇部から車で宇部。河長旅館。

翌日、午後七時十六分西宇部発(「筑紫」)、同十時二十三分博多着。

それで光は、そこで泊った光観光旅館は嘗て海軍の将校の宿舎だったらしくて、食事をした広間では米内光政大将も、山本五十六大将も会食したことがあるそうで、自分も嘗ては海軍に奉職した関係から、何となく心が豊かにならなかった。海軍二等主計兵から海軍大将に行くまでの間に段階が幾つあるかと思うと、眼が眩む。

併しこの部屋から殊に夕方、瀬戸内海を眺めた所は絶景である。

宇部は宇部興産というとてつもなく大きな会社でもっている町で、この会社はセメントだとか、染料だとか、余り多岐に亘る生産をやっているので、素人にはよく解らない。

この会社が建てた渡辺翁記念館という公会堂は、その設備の点で西日本随一と思われる。

博多では帝国ホテルに泊った。他の旅館の名前も、同好者の参考の為に挙げて置いたのであるが、このホテルは特にいい。博多のバー廻りは、ホテルに案内を頼むに限る。大阪はよし川旅館。後東京まで一息である。

呉の町

呉にはもう随分長い間、行かない。この前に行ったのがいつだったか、はっきりしない位で、その印象だけが頭に残っている。一体に東海道線沿線の町というのは東京から下関に至るまで、どこも同じという感じがするのは、汽車で移動する人間の数が多過ぎるからかも知れない。いつか広島の大きな通りの喫茶店にいて、二日酔いのせいもあったのだろうが、窓越しに見た町の風景が東京の銀座と少しも変らないので自分がどこにいるのか解らなくなったことがあって、その東京の銀座も現在では、昔の銀座ではなく、東京銀座とでも呼んだ方がよさそうな個性がない場所になっている。

併《しか》し呉は呉という町の感じがする。東海道線から少しばかり逸れている為なのか、町の地形なのか、それとも人情がそうなのか、理由はどうにでも付けられるとして、かなめ旅館で朝、目を覚して寝床の中で広島工場のキリン・ビールを飲む時から、もう自分が呉にいることが直ぐに感じられた。キリン・ビールの広島工場のが東京のなどとは比較にならない位、旨いことは確かである。併しそれならば、広島にいる気がしてもよかった筈なのに、頭に浮んだのは呉の旅館で朝、飲んでいるのだということだった。それから起きて飲んだのが千福で、千福の味はここで改めて説明するまでもない。おこぜの味噌汁が素敵だった。ガラス戸越しに、呉を取り巻いている丘が家で埋っているのが見えて、その時、やはり呉にいるのだと思わなかったのは、それは目を覚していた時から承知していたからである。例えばロンドンで朝起きると、自分がロンドンにいるのを感じる。そういうものがない町は、本当を言えば、町というものではない。

呉の賑かな通りには、何か寂しいものがある。これも一つの町が町である為には大事なことで、昔は東京にもそれがあり、それで例えば、山手暮色というような言い方にも意味があった。今、新宿暮色だの、渋谷暮色だのと言った所で、どれだけの実感があるだろうか。併し呉の大通りを夕方、歩いていれば寂しくなることが出来る。この寂しさがパリでパリの詩人達を育てたもの、又、パリ人にパリを愛させるものなので、ボードレールの「パリの憂鬱」という詩集の題は、詩人の気紛れで付けたものではないのである。呉の人と特に聞いている詩人はいないが、それよりも大事なことに、呉では人間並に、というのは、二十世紀の文明人並にその日その日を暮すことが出来るのを感じる。これは当り前なことだろうか。それでは、そういう当り前な町が今日では余りに少いのである。

沿線の眺め

この頃は小田急も最新式の流線型電車を走らせたりするようになったが、やはり小田急と言えば、郊外の小さな駅に止っては又発車する、車体がそう古臭い感じがしない割には辺りの景色が如何にもひなびて見える、何か寂しいもので東京と繋っている線を思わせる。自分がそういう小田急に乗って友達を尋ねたり、東京に行ったりする昔の東京の郊外に長い間住んでいたからだろうか。

併《しか》し車体はもっと新しくなっても、今でも小田急で多摩川を一度渡れば、沿線は昔と変らない田舎で、相模大野だとか、南林間都市だとかいう駅名が戦争前にゴルフ・バッグを担いでこの辺を往復した頃の思い出を誘う。林間都市が何と言っても、まだ都市であるよりは林間であるのも、ついここらに住んで見たらという気を起させる。そしてそこからこの線に乗れば、その一端は東京の新宿の繁華街で、その反対の端は箱根の温泉地帯だというのも、今日の世の中に生きている我々の姿を反映しているようで面白い。併し大事なことは、強羅と新宿の間にあの武蔵野の一角が昔のままの形で残っていることである。空き地に家を建てるのばかりが能ではないし、又自然が人間にとってなくてはならないものであることを思うならば、あの林間地帯だけは小田急の沿線にいつまでもあって欲しいものである。

酒を道連れに旅をした話

何の用事もなくて、どこかに旅行することが、戦後、原稿に追われ通しの何年間かの夢だった。何の用事もなしにというのには、訳があって、終戦直後には疎開先の家族を東京に連れて来る為に、又その後も二度ばかり荷物を引き揚げに、東北本線で福島の方まで行ったことがある。旅などと言えたものではなかった。切符を手に入れるのが一苦労で、その切符で汽車に乗るのが又一苦労、乗れば今度は目的の駅で降りられるかどうか解らないという始末で、今思い出して見ても旅などという考えとは凡《およ》そ縁遠い終戦後の混乱の延長だった。それでも用事があれば、出掛けて行かなければならない。それで、用事も何もなしに、そしてその上に昔のようにゆっくり汽車に乗ってどこかに行くというのが、とても実現出来そうもないことだけに、昔の洋行位の魅力で旅へと心を誘った。

緊急の目的があるもの以外はどうとかいう、戦争中の合言葉が、客寄せの国鉄の広告に変って、特急「つばめ」が復活したり、その展望車の天井が桃山時代の豪奢な様式のものだとか伝えられたりしたことが、旅の時代が既に戻りつつあることを知らせてくれた。変らないのはこっちの生活状態で、そうなると、今度は、宝籤《たからくじ》が当ることが夢みられたりした。

よくしたもので、そうしているうちに或る時、出版社の弱みに付け込んで、この原稿を書き上げたら京都に旅行させて貰うという条件を出す機会が生じた。原稿の最後の分を徹夜して書き上げて、その晩、東京駅に駈け付けたのが、昨年の秋、と言っても、こっちの気持の上では、恰《あたか》も春だった。旅行するのは前から、関西と決めていた。そのもっと前の度々の経験から、日本の鉄道の中で東海道線が最も馴染み深くて、又戦後の京都がどんなになっているかということも、郷愁に似た関心を唆《そそ》って止まなかったのである。

原稿と言っても、それが千三百二十枚という大仕事だったことを、ここで断って置きたい。だから東京駅に着いた頃は、仕事が終った安心と、その安心に基いて一日中、飲み続けた酒とで、全く陶然として何か默し難い気分になっていた。だから、春みたいだったと書いたのである。

乗った汽車は八時半にたつ「銀河」だった。確かに、これは東北本線を貨車に積まれて行った時代には、とても考えられなかったような代物である。この夜行は切符が制限されているのかどうか知らないが、兎に角、早く行ったせいか、空いている席の方が多い位で、発車の時刻になっても、混んでいるという感じはしなかった。窓の下を見ると、灰落しが壁に取り付けてある。旅の時代が戻り、煙草の時代も戻った訳である。終戦直後は、東京駅のガード下に、何と度々十本二十円のモクを買いに行ったことだろうか。それと同じ値段で、兎に角モクよりはましな煙草を、今は駅で売っているのだから世話はない。この灰落しも気に入った。

その同じ灰落しで思い出したが、その後、始めて湘南電車の二等車に乗った所が、その方が「銀河」の客車よりも更に立派なのには驚いた。やはり窓の下の壁に灰落しが取り付けてあって、その恰好も「銀河」のに似ている。併《しか》し席の坐り心地はもっとよくて、それにどういうのか、「銀河」よりも車内が明るい感じがする。「銀河」が夜行だからではない。湘南電車に乗ったのも夜である。そして乗っていて、これで又京都まで行けたらと思ったものである。

併し「銀河」に、これが「銀河」という急行なのだと思いながら乗った時は、そんなことは知らなかった。広々としていて、席の背は後に反り返り、窓の下には灰落しが付いていて、その上にこの汽車に乗って京都に行くのである。いい気持だった。ただ残念だったのは、噂に聞いたように、生ビールを呼び売りする売子がいなかったことである。これもその後に解ったことであるが、汽車が発車するこのフォームの、有楽町寄りの階段を降りて行くと直ぐ左側の売店に、その生ビールを売っている。その時知っていたならば、汽車が出るまでにまだかなり時間があったので、二、三杯は飲めた筈である。併し、又、その時の心理から言えば、出掛けて来る前に出版社で飲まされたジンがまだ体をぽかぽかさせていて、積極的に生ビール屋を探そうという気も起らなかったのである。

発車の時刻が来て、汽車が動き出した。これは、予《あらかじ》め楽みの一つに数えていたことではなかったが、汽車が、まだ振動を感じさせない速度で前に進むにつれて、フォームの柱が一本毎に後へ後へと行くのを見ると、或る記憶が甦って来て、懐しい気がした。戦争前に、小遣いが七十円溜ると、早速「つばめ」の三等で京都、奈良の仏様を拝みに行っていた頃、朝の九時少し前に東京駅に円タクで乗り付け、「つばめ」の指定された客車に納ると間もなく、ベルが鳴って、汽車が動き出し、今と全く同じ具合に、フォームの柱が一本、一本、後退して行った。そうすると、書き掛けの原稿や、ヴァレリーの解らない箇所などの重荷を忘れて、ああ、これから旅に出るのだと、決って思ったものだった。そしてその頃は、もう忽ち今度は食堂車から昼飯の予約注文を取りに来るのが待ち遠しくなった。その食堂で昼飯に出される変に脂っこくて塩辛い南京豆が楽みだった。

「銀河」に食堂車がないとは知らなかった。その意味では、八時に出る二、三等急行の方を選ぶべきだった（この急行には、食堂車が付いているという話だったようである）。併しもっと期待を掛けていたのは、東京駅は兎も角として、大きな駅ならどこでも売っていると聞いた生ビールで、この期待は裏切られなかった。最初にそれを見付けたのは小田原駅で、早速二杯買った。厚いボール紙の容器に蓋が付いているのに入っていて、この容器が普通ビヤホールの中ジョッキよりは少し小さいから、一杯百五十円では決して安いとは言えない（尤も、その後値下げになったかも知れない）。併しこっちはその時は、千三百二十枚の大仕事をやった後である。一人で両手に二杯しか買えないのが惜しい位だった。直ぐ飲めばよく冷えている。そのうちにボーイさんがやって来て、次の駅では、ボーイさんに二杯買って貰い、自分で二杯買って、合計四杯ずつ都合して行った。序《つい》でに何か肴を買って来てくれと頼んだら、塩豆を一袋持って来たのには失望した。生ビールを冷やしたのがあるのなら、鳥の手羽焼き位売っていてもよさそうである。併しそのうちにどこかの駅で、実に旨い焼売《シュウマイ》を見付けた。大きくて、肉がたっぷり入っている上に、胡椒がよく利いている。それがどこの駅だったか、覚えていないのは残念である。静岡だったかも知れない。

要するに、小田原駅で最初にビールを買った後は、どことどこの駅でビールを売っていたかということも、よく覚えていない。帰りの汽車で見ていたら、小田原の次は熱海であるが、熱海に着いた時は、まだ小田原のビールを飲んでいたようである。焼売は買い過ぎて、何しろもう深夜のことではあり、遂に朝までに食べ切れず、京都で降りる時に一箱、汽車の中に残して来た。

この晩の印象を今言うならば、汽車がごとごと、ビールをがぶがぶ。汽車が駅に止る。ボーイさん、すまないけれど又ビールを買って来て下さい。——どうも有難う。いや取って置いて下さい。発車のベル。汽車がごとごと、ビールがぶがぶ。そのうちに席の廻り一面にビールの白っぽい紙の容器が溜って行く。他の客はもう大概寝ているから、気にするものもない。そのうちに、流石《さすが》に眠くなって、昼間ならばもう山の形や町の恰好が、段々、関西風になって来ているのがはっきり解る辺りまで来ていると思われる頃から、眠ってしまった。併しその次に目を覚して、朝風に吹かれて降りて見た駅が米原だったのだから、余り長くは眠っていなかったらしい。米原から先は外がもう明るくて、琵琶湖も、京都に着く前に潜るトンネルも、それを通って汽車から見え始める京都の景色も、昔と少しも違っていなかった。

旅の道連れは金に限るという話

苦心して洋服を新調した話などというのはじめじめしていていけないから、金を旅先で飲んでしまって困った経験を書くことにする。

先年、ある出版社と前からの約束で、何月何日までに長篇の翻訳を間に合せれば、その日に関西に酒を飲み放題の旅行に行かせて貰うことになっていた。約束の日に、東京に原稿を鞄と一緒に持って行くと、その日の晩はもう汽車に乗っていた。汽車の中で飲み出して飲み続けて夜を明し、翌日京都に着いて、出版社が紹介してくれた宿屋で早速ビールを又一本飲んで眠って目を覚すと、外に出て所々飲んで歩き、晩に宿屋に帰って来て本格的に飲み始めた。宿屋には出版社から何か言ってあったようで旨い酒を幾らでも持って来るので、その晩は一升ばかり飲んだ。翌日、眼を覚して、又ビールを頼み、という風にして、何日か過ぎた。これから先が本論である。

出版社の人が立つ時に、汽車の切符と一緒に、かなり厚い札束をくれたので、これなら一ヶ月でも二ヶ月でもという気になったものだから、汽車に乗ると直ぐに派手にやり出して、京都でも惜しみなく飲んでいた。所が札束の方はその間にどんどん減って行ったらしい。その頃丁度、河上（徹太郎）さんが岩国に帰省しておられて、京都で飲んだ後で岩国で飲ませて戴《いただ》くという約束がしてあった。それでそろそろ河岸を変えようと思い、駅まで岩国行きの切符を買いに行って酔いが覚めた。前から札の厚みが変に薄くなっていることに気付いてはいたが、汽車の切符を買うと後に殆ど何も残らない位の金額にいつの間にかなっていたのである。宿屋の払いは出版社が持ってくれるからいいようなものの、そして又、岩国に着いたら河上さんの御厄介になりっ放しになるとしても、岩国から東京に帰る旅費というものがあるし、それに現状では、岩国で煙草一箱買うのにも河上さんにねだる他ないことになりそうだった。金があって御馳走になっているのは結構な身分でも、一文なしでは居候も同様のみじめさである。

それで電報ということになって気が付いたのだが、旅先でお米の通帳も何もないから、東京から為替が来ても郵便局で金に換えてくれるかどうか解らない。併《しか》し岩国の河上さんならば河上家の本家本元だから河上さん宛ての為替だったら文句が出る筈がない。それで先ず例の出版社に電報を打ってやった。併し出版社の方では腹を立てて知らん顔をしているかも知れない。その上に、仮に五千円送ってくれたとしても、岩国から東京までの汽車賃が幾らなのか解らないので何だか心細かった。併し一マンオクレと打つのはどうも気が引けるので、丁度、原稿を頼まれていた雑誌社と、それからもう一軒、原稿を渡して原稿料を受け取ってはいたけれど、それが思ったよりも少くて癪だった所があったので、ここにも電報を打ってその終りにタノムと付け加えた。こうして置けば、どこか一軒から電報為替が来れば先ずどうにかなる筈で、二軒当れば安心、三軒ともとは空恐しいので考えずに、兎も角汽車に乗った。

この汽車の旅は実にみじめだった。汽車が駅で止って何か買う毎に、金がないことが愈々《いよいよ》はっきりして来て、広島ではビールを一本買うのを我慢するか、買って岩国の駅から一里以上もある(ように地図では見える)河上さんのお宅まで歩いて行くか、どっちかにしなければならない所まで来ていた。そしてビールを飲めば元気が出るだろうと思って、買うことにした。

岩国に汽車が着いて、改札口の所で河上さんを見付けた時は嬉しかった。東京からどういう訳か、自分宛てに電報為替が沢山来ていると聞かされては、気が一時に弛んで、河上さんに光を一つ買って下さいと早速お願いした。金がなければ、旅もつまらないものである。

酒は旅の代用にならないという話

この頃は旅行に出掛けたいと思うことがよくある。過去を振り返って見ると、どうも酒を飲み出してから旅行に行く回数が減ったようで、その証拠に、一昨年だったか(百年も前だという気がするが)、京都で二日二晩痛飲したのを除けば、旅に出てどこの酒が旨くてどんな肴があったという種類の記憶が殆どない。これは酒に酔うということが旅行するのに似ているからかも知れないので、確かに汗だくになって夏の町中を歩いている人間がビヤホールに入ってジョッキを二、三杯も空ければ、そこに別天地が開けて、厳密に言ってそれがビヤホールに入る前と同じ人間かどうか解らなくなる。

思えばこういう旅行の方法を何と根気よく続けて来たものだろうと、我ながら感じ入る次第で、その意味では今でも少くとも週に二、三回旅行しないことはない。この方が軽便であることは確かで、いきなりどこかの店に入って、「お銚子、」とか「ビール下さい、」とか言えば、それで旅行が始る。前は床が海の上も同様に揺れるようになったりして漸《ようや》く感じが出たが、この頃はビールの二、三本も飲めば、結構いい気持になって、店の外の景色が汽車の窓からと先ず同じ程度に眺められて来る。そのうちに速力が増すのに従って風が起り、波が高くなって、青函連絡船どころではなくなり、急行列車の勢で友達を相手にがなり立てて、それが友達ではなくてただ隣にいた客ならば、後で考えて見て全く気の毒である。

可笑しなもので、外国に出掛ける方が内地を旅するのよりは大ごとであるのと丁度同じ具合に、洋酒を飲んだ時の方が精神的に大きな旅行をすることになるらしくて、それだけ後が大変なことになる。例えば、あちらの文学界の様子を聞かして貰うというようなことで、外国人と一緒に昼飯を食うことになるとする。そうすると、これも一つの仮定だが、どこかのクラブのバーで先ず落ち合って、相手がダブル・マーティニとかいうものを注文するから、こっちも負けずに注文する。これは何か解らない成分の飲みもので、やたらに大きなコップに波々と注いであり、飲むのに骨が折れても、相手が平気で空けて行けば今更、至って不調法でしてなどと（それを英語その他の外国語で何と言うか解っていたにしてもである)、渋って見せる訳には行かない。だからこっちも又注文する。そのうちに旨くなって来て、今度は自発的にもう一杯と頼む。それから昼飯になって葡萄酒が出る。

その頃は話も段々面白くなって来ているから、社交的な意味は抜きにして何か飲みものがなくてはならない。そして話は昼飯の後まで続くのが普通なので、次には又バーに戻ってリキュール酒を飲む。それこそもう頭の旅行が始っていて、バーに並んでいる洋酒の瓶が皆いやに綺麗に見える。それでブランデーにベネディクティン・ドムという風に片端から注文して行ってパリに着いたのか、まだスエズ運河を通っているのか解らない気持でその親切な外国人と分れる。それからがことなのである。

旅が酒を飲むのに似ているとはっきり感じるのはそういう時である。兎に角、後で思い出そうとして見てもそれからどうしたのか見当が付かなくなって、結局、その間だけ精神的に日本からいなくなっていたのだと考える他ない。外国人と話している時ならまだ解るが、そうではなくて、その後なのである。或る時、そういう昼飯の後で或る出版社に大事な相談をしに行って、それから又銀座に戻って飲み始め、その頃になって漸《ようや》く我に返った。だから出版社に行ったことなどは全然忘れていた訳で、その後何日かしてその日相談したことに就て出版社から手紙を貰ったが、それでもまだ思い出せなかった。今でもその時のことは何も覚えていなくて、ただそういうことがなかったのだとすると、出版社から手紙が来たことの説明が付かない。

これは白昼やった中では大旅行の部類に属するが、夜ともなればこういうことは、少くとも前はよくあった（この頃はそういうことをしないという自信を持たして貰いたいのである）。或る時、或る人と飲んで、横須賀線のフォームまで送って行って貰った途端に、フォームの上に大の字に寝てしまったらしい。そこへ電車が入って来たので、やれやれという訳でその人が中まで担ぎ込んでくれたのだが、それが生憎、横須賀線ではなくて湘南電車で、小田原に着いてからやっと目を覚した。尤もその時の状態では横須賀線に乗っても、又誰か親切な知人に会わない限り、横須賀か久里浜まで乗り越したかも知れなくて、この乗り越しの経験が度重なって曽《かつ》ての旅心、酒を飲むのとは別な本ものの旅心を再び持つようになったのではないかと思う。

小田原まで乗り越したその時もそうで、もう帰ろうにも帰れないから、円タクを摑まえて宿屋に案内して貰ったのが既に一つの旅だった。昔これと同じ位がたぴししたタクシーで、知らない町の知らない宿屋に何と度々運んで行かれたことだろうか。鞄はなくても、本だの原稿だのを入れた風呂敷包みをちゃんと持っている。案内された宿屋は大したものではなかったが、汚くはなくて、二階の一部屋に通された時はそぞろに旅愁を覚えた。北海道に渡って函館で泊った宿屋の部屋も丁度そんなのだった。夜の十二時頃で腹が減っていたので、天ぷら蕎麦を取って貰った。これは函館ではなくてその小田原の宿屋での話で、それが来るのを待っている気持は、どこの宿屋でだろうと晩飯が出るのを待ち遠しく思うあのやる瀬ない心情に似ていた。見馴れない部屋で、何となく寝付かれないようなのも、全く旅の感じだった。これからは乗り越すのに最適の季節だから、未経験者には是非一度やって御覧になるようにお勧めしたい。

これは、その時だけではなくて、横須賀でも田浦でも（そういう駅が逗子の先にあり、歩いて帰るのにほんの少し遠過ぎるのである）非常に懐しく思ったのだが、前の晩に泊った宿屋で翌朝目を覚して、どうも自分の家じゃないらしいという気がするのも実にいいものである。それが友達の家だったりする場合があるにしても、要するに、自分の家でなければ旅に出ているということなので、まだ眠いのも手伝ってその感じが一時に湧いて来る。旅先ならばそれはどこか、少くとも年中鼻を突き合せていて見飽きた場所ではなくて、それだけにどんなつまらないことでも何か目を惹くに足る清新なものを持っているのに決っている。旅先だから、先ず大して仕事もないものと考えていい。まだ見たこともない眺めや食べたこともない珍味が眼や口を楽ませてくれるかも知れない。旅は日常性からの解放である。精神が息を吹き返す永劫の回帰、――何でもいいや。兎に角、それが旅への誘いでなくて何だろう。

そしてこれは、市中で酒を飲んでいるだけで出来る旅ではない。酒を飲むことも日常生活の一部になってしまうからで、倦きて来れば酒に酔っても、又かと思うようになる。それでいつもの倍も飲んで、どこか横須賀線の先で泊ることになっても、乗り越しであればその日のうちに帰って来なければならなくて、旅の実感を取り戻すのにはいいかも知れないが、まだまだ本ものとは言えない。どうしても汽車に乗るか何かして、鞄を持って旅行に出掛けることが必要なのである。その症状が第三期に入れば、旅行雑誌を幾ら引っくり返して見ても代用にはならない。どうやら筆者もその第三期の症状を呈し始めて来たようである。それでこの拙文の第一行に戻って、この頃は無理をしてでも旅に出掛けることばかり考えている。

羽越瓶子行

これを書いている今はひどい二日酔いで、先日、前からの懸案が実現して河上徹太郎氏と新潟、酒田に行った時のことを思い出すのに都合がいい。行っている間は、東京では信じられないようないい酒を朝から飲んでいて、二日酔いなどする暇がなかったが、帰ってから二日か三日は丁度こんな状態だった。二日酔いというのさえなければ、誰が飲んだことを後悔するだろうか。併《しか》しその原因を思えば、殊にそれがこの間の旅位、魂を揺さぶるものであれば、二日酔いも決して堪え難いものではない。

前からの懸案というのは、昨年の五月に河上さんと二人で、長野、長岡、新潟、佐渡廻りの文藝春秋の講演旅行に連れて行って貰った。講演でもなければ、面倒でなかなか行く気になれない場所に行って、それが来てよかったと思う場所だったりするから、講演旅行は有難いものであるが、旅行の性質上、日に一度は講演をしなくてはならなくて、そのうちにそれだけが講演旅行の欠点だという感じが次第に強くなって来る。それで、そのお蔭で知った所にただ旅行しに行ったらさぞ愉快だろうと二人で考え、或る程度の曲折があった後に、それが今度の旅行になったのである。酒田は河上さんには始めての土地だったが、そこの相馬屋という料理屋が立派なのと、酒田で出来る初孫という酒が逸品であるのをこっちはもっと前の、やはり講演旅行で知っていたので、旅程に入れることにした。新潟と酒田にしか行かなかったのは、時間と財布の都合からである。

河上さんは狩猟家なので、禁猟になった翌日の三月十六日に、約束通りに銀座の文春クラブで落ち合った。その前に、こっちは新橋駅前の小川軒に寄って、頼んで置いた折詰とビールを三本取って来た。上野発十二時三十分の新潟行急行「越路」号は、六時三十分には新潟に着くから重宝であるが、食堂車が付いていないのが不便である。昼飯を早目にすませて乗って、晩飯前に着くので食堂車の必要はないという考えらしい。併し食堂車の効用は食事することだけにあるのではなくて、それに一時に昼飯が食いたいお客だっている。のみならず、信越線、上越線のように景色がいい所を昼間通るのに、食堂車の窓からゆっくり外が眺められないのでは話にならない。眺めていれば、自然、何やかやと注文することになるから、食堂車の方でも損にはならない筈である。もう一つ不思議なのは、上野駅のフォームでは酒類を売っていないことである。尤もこれはこっちの勘違いかも知れないが、少くとも、今までの所はまだ一度も売子を見付けた験しがない。

汽車が動き出して、我々は先ずビールの栓を抜き、それから暫《しばら》くして折詰を開いた。ビールを飲む為に、小川軒からガラスのコップを借りて来た。よくこういう場合に用いる紙のコップは、三本目のビールを注ぐ頃から溶け始めて、変に紙臭いビールになる。茶の土瓶に倣って、駅で素焼のコップをビールに付けて売ったらどうだろうか。きっと受けるだろうと思う。高崎までは、外は日本の北部に行く時に必ず通る平凡な景色で、眺めることはなかった。熊谷かどこかでビールを買い足した。

水上辺りから(だったと思うが)、雪に蔽われた山の中に汽車が入って、東京は今年は雪が殆ど降らなかっただけに、壮観の気がした。それが、やはり雪に蔽われた野原に変って、ナポレオンのモスクワからの退却の光景が頭に浮んだ。何故そんなに雄大なことを考えたのか解らない。河上さんは眠っていた。そのトウィードの上衣は二年前にエディンバラで買ったもので、今度はエディンバラのことを思い出した。芸術祭に来た人達の為にクラブがあって、そこに一人の可愛らしい女の子がいて我々が行くと、いそいそと寄って来た。その女の子が酒類係りだったのである。このクラブで飲むティオ・ペペのシェリーは旨かった。谷間の清水に一番近い飲みものである。

それはそれとして、長岡かどこかでビールをもう二本買い足した所に、汽車が東三条に着いて、予《かね》て同行を約束していた野々上慶一氏が乗って来た。野々上さんは秋田で鉱山を経営していて、三条まで南下して飲みながら我々が来るのを待っていたのである。それから汽車が新潟に着くまで、別にもう何もなかったような気がする。

新潟駅には部屋を頼んで置いた大野屋旅館から迎えの車が来ていた。併しそこから大野屋に行っても、荷物を置いて来るだけのことなので、その晩の目当てである玉屋というお茶屋に真直ぐに行って貰った。この玉屋と、そこで出す今代司《いまよつかさ》という酒の為に新潟に来たのである。その他に、やはり玉屋で突き出しに使っている昆布や豆が入っている一種のあられを加えてもいい。自家用らしくて、いつもお土産に貰って来る罐には何も書いてない。

玉屋はこの前来た時の通り、鍋茶屋という料理屋がある路地の奥にあった。玄関を一端とすれば、そこから細長く縦に伸びている具合の作りで、反対の端に小さな庭に面した座敷がある。今代司が運ばれて、それからあられも出た。併しその晩の御馳走にはまだ色々あって、それが今となってははっきり思い出せないのが残念である。南蛮海老というのが確かにあった。ただこれは東京を出る時から聞かされていて、余り期待し過ぎたせいか、その割には髪を振り乱して旨いと言う程のものではない感じがした。併し決してまずくはない。勿論、生で食べるので、二日酔いの朝飯のお膳に出たらお代りするかも知れない。それから又一つには、今代司の肴にしては負けるということも考えられる。

今代司は、類別すれば辛口の部類に属する酒なのだろうと思う。併しいつからのことなのか、米を節約する為に政府の命令で醸造中の酒の原液に何パーセントかのアルコールをぶち込むことになってからは、酒を作る技術はこのアルコールの匂いを消すのに集中されることになったようで、上等な酒であればある程、最初に口に含んだ時の味は真水に近いものなのだと、先ずそう考えて間違いなさそうである。喉を焼かれる感じがするから辛口で、甘いから甘口なのだという区別はもう存在しない。その代りに、何杯か飲んでいるうちに、昔飲んだ酒の味の記憶が微かに戻って来て、それが現在飲んでいる酒の味になるから不思議であり、そして暫くすると、要するに昔とは規準が根本的に変ったのだということに気付く。今の醸造家が目指しているのは、酒の中の酒という風なものであるらしくて、その域に達すれば甘口も辛口もないし、或る意味では、我々はアルコール添加のお蔭で昔よりも純粋な酒の味に接していることになる。そして今代司は、日本で現在作られているそういう良酒の一つである。

それから、たらば蟹というのか、割に大きな甲羅に美しい緑色の臓物が入った蟹が出た。この臓物は旨い。じゅんさいを動物質に変えたような味がする。それから鱒《ます》のてり焼き、と覚えているものも出た。そして何かその他に大物があったような気がするのだが、それがどうしても思い出せない。兎に角、卓子一杯に新潟の珍味が並べられた所を想像すればいい。お銚子のお代りと御馳走が運ばれて来るのと並行して、入れ代り、立ち代り、こっちの印象から言えば何十人もの新潟の美人が座敷に現れては又消えた。そんな筈はないのだが、どうもそんな気がする。宝塚のファンが月組、雪組、その他の組が出演している舞台の真中で酒を飲んでいるようなもので、飲んでいる方は奇妙な分裂状態に陥る。秦の始皇帝や唐の玄宗は、後宮で酒もゆっくり飲めなかったのだろうと思えば、可哀そうである。

大野屋には何時に帰ったのか解らないが、兎に角、無事に帰った証拠に三人は翌朝の食卓で顔を合せた。大野屋には自家用に漬けている筋子の味噌漬けがあって、これが季節外れで作ってなかったのは残念だった。ビールに酒を飲み、それから酒田に行く青森行急行「日本海」が一時に新津に止るので、これに間に合う汽車に乗る為に新潟駅に向った。

併しただ飲んで食べるだけが目当てで新潟に行ったのではない。新潟は北日本には全く珍しい近代的な都会で、行く毎にどうしてこんな所にこういう町がぽつんと出来たのかと思う。これだけのものが出現するのに足る財力があり、港町、又工場地帯として活気を呈しているには違いないが、そういう場所は他にもある訳である。例えば、道路が鋪装してあるのは新潟に限ったことではない。併し今度、人に注意されて始めて気が付いたのだが、鋪装した道路の脇にちゃんとした歩道が設けてあるのは新潟だけで、だから買いものなどしていると、何となくもっと南の、近代的であるのが当り前な都会の一つに来ているような気がする。これだけの町で、電車を走らせずにバスだけでやっているのも一見識である。地所を殖やして売る為ではなしに、衛生上の見地から、昔からある掘割の大部分を惜し気もなく埋めてしまったのと同じで、この市当局が都市というものに就て非常にはっきりした考えを持っていることが窺われる。

つまり、そういう新潟の空気もちょっと吸って見たくて、寄ることにしたのである。「日本海」には食堂車があって、新津でこの急行に乗り換えて早速、出掛けて行った。秋田と東京の間を始終、往復している野々上さんの話では、この食堂車で旨いのはシチューだということだったが、その日はなかったので、わかさぎのフライを頼んだ。外は一面に水田が続いている中に、稲を立て掛ける為とかいうので並木が植えてある新潟県の風景で、凡庸である。併しそのうちに山や海が見えて来て、やがて酒田に着いた。

酒田では、相馬屋のおかみさんが車で迎えに来てくれていて、もう何も心配することはなかった。車が最初に止ったのは、初孫の醸造元である金久商店の前だった。これは予定していなかったことで、又願ってもないことだった。社長の佐藤久吉氏の案内で奥に入ると、型の如く大きな琺瑯《ほうろう》引きのタンクが幾つも並んでいて、タンクの横に組まれた足場に登って見降すと、タンクの中では出来立ての酒が泡を吹いていた。佐藤さんは柄杓と湯呑みを持っていて、柄杓でタンクの酒を験して見ては、旨いのがあると湯呑みに注いで寄越して下さった。十幾つのタンクを廻るうちに、二、三合は飲んだかも知れない。何《いず》れも、アルコールを添加する前だった。降りて来てから、米穀統制令が実施された昭和十三年に、それまでの方法で各種の米を自由に調合して出来た最後の酒がまだ取ってあったのを飲まされた。酒の匂いというようなものはもうなくなって、涸れに涸れて酒の観念からは遠くなった、何か、豊饒とでも形容する他ないものである。これが出来た時は、こういう味はしなかった筈である。それで一層、この頃の醸造家が考えているのはこうして普通の酒の域を脱したものなのではないのかという気がした。

併し佐藤さんは、匂いは昨年の酒が一番いいと言って、その昨年の初孫を持って一緒に相馬屋まで来て下さった。その前に、神社があって酒田の港を見降している公園にも寄ったが、その為にわざわざ酒田まで行くことはない。ここが美しいのは、人々が落ち着いた暮しをしている古めかしい町が焼けずに残っている所にある。こういう所が殊更に我々に郷愁を覚えさせるのは、それが昔の東京の記憶を呼び戻すからではないだろうか。併し東京が仮に焼けなかったにしても、円タクと自家用車が右往左往する今の眼まぐるしさから察すれば、本郷、小石川辺りの昔の生活がいつまでも続いたとは思えない。生活がなくなれば、何れは家も壊されるだろうし、何も戦争ばかりを怨むことはないのである。

　相馬屋は酒田でも年月の経過を感じさせる落ち着いた料理屋である。この前に来た時は宴会で、小野文春氏その他のスター連がい流れる二階の大広間だったが、今度通されたのは前の時に宴会が終ったあと、文春氏その他の重荷を降して飲み直したのと同じ下の部屋だったのは、奥床しい心遣いだった。二間続きになっていて、一方の端に見事な鶴の屏風がある。大家が書いたから名作だという絵は沢山あっても、酒の肴にしていい気持になれる絵はなかなかないもので、初孫を飲む合間にこの屏風を眺めていると、やはり絵も見るものではなくて使うものだという感じがして来た。

　併し肴がそれだけしかなかった訳では決してない。寧《むし》ろ、酒田は酒田で卓子一杯に珍味が並べられたのであるが、それを一々覚えていないのは、これもその御馳走を心から楽んで食べなかったからでは決してない。一つ覚えているのは、これは河上さんの発見で、前の晩に新潟で出た、緑色の臓物が入った蟹の甲羅を火鉢の五徳に載せて置くと(その頃の北国はまだ寒かった)、やがて煮えて来て、それで出来たポタージュのようなものが生のままよりも数倍旨かった。恐らくパリ中を探しても、これ以上に旨いポタージュはないと思う。それから鯡《にしん》をまるごと塩漬けにしたのがあって、そのごてごてした味は突き出しに食べて見て爽快だった。それから何が出ただろうか。

どうも、その晩の初孫が旨かったことが頭に浮んで来て困る。

酒が本当に上等になると、人間は余りものを言わなくなるものである。少くとも、その晩の印象はそうだった。そして何時頃になってだったか、ダヴィッド社の社長の遠山直道氏から電話が掛って来た。我々が裏日本を廻っているのと略々《ほぼ》並行して、遠山さんは太平洋岸の方を視察か何かで旅することになっているのを知っていたから、どこかで落ち合える積りでその日その日の飲む場所と電話の番号を教えて置いたのである。そしてどこかの温泉で、酒はまずいし、何もかもまずくて、情なくなっている所に、我々が酒田の相馬屋で飲んでいることを思い出し、その酒気を嗅ごうと電話を掛けて来たので、こういうことも旅の楽みの一つである。河上さんと二人でどういう激励の言葉を送ったか、今はもう覚えていない。

そのうちに、おばこを踊って見せてくれて、おかみさん自身が太鼓を打った。誰だか、太鼓を打つのを頻りに邪魔しているものがあったが、筆者ではなかったようである。併し総じて新潟でも、酒田でも、我々の酒品は満点に近かった。これも、酒がよかったせいだろうか。

翌朝の朝飯も相馬屋で、この時の食膳は忘れられない。第一、我々は昭和十三年の初孫を分けて貰っていて、朝、目を覚して先ず河上さんと二人でこれを冷のままで飲むことから、この日は始った。部屋が別だった野々上さんもそうしたに違いない。だから相馬屋の二階のまだ見たことがない部屋に通された我々は別に米の飯が欲しい訳ではなかったのであるが、そこに運ばれたのは韮《にら》と生卵だった。韮はこの季節には出来ないのを温室で作ったのだそうで、それを生卵と掻き混ぜて食べるのである。その昔、外国人に、二日酔いの朝は生卵とトマト・ジュースとウスタ・ソースを混ぜて飲むといいと教えられたことがあるが、そこに如何にも粗雑に素描されている二日酔いの朝の生理的な要求は、この韮と生卵で微妙に、そして完全に満される。何か酒の疲れが押し返されて行くようで、新たに湧いて来る元気は又酒を飲みたくさせる。又、既に飲みたくなっていれば、これがいい肴になる。尤も、これが酒田の韮に限ったことなのかどうかは解らない。

それから、とろろが出た。これは、その効用を説明するまでもない。酒が既に出ていたのは言うまでもないことで、これが前の晩と同じ昨年の初孫だった。それと前後して、剝き蕎麦というものが運ばれて来た。これは蕎麦の実の皮だけをむいて砕かずに、そのまま茹でて鶏のたたきで味を付けたものである。二日酔いの朝に普通の蕎麦を食べる気は別段起らないが、蕎麦の実はそれよりも遥かにあっさりしていて香ばしくて、鶏の味が僅かばかり脂っこいから、これ程酒を飲んだ翌日の朝に適したものはない。食べていて、何だか話が旨過ぎる気がする。そして夢ではないかと確める為にお代りをする。それから相馬屋で作った味噌の味噌汁と味噌漬けが出た。そしてこの時食べた鱒の照り焼きは、今度の旅行で一番旨かった。その他に、何とかいう鰈《かれい》を焼いたのがあって、これは味はどうということはないが、形が綺麗な鰈である。

朝飯の途中で雨が降り出した。今度の旅行は雪の山が見え始めた頃から曇っていて、それが酒を飲む気持を更に引き立ててくれたが、この時の雨のように旅情を覚えさせてくれたものはなかった。もう誰も、本間美術館を見に行きましょうなどと言うものはなかった。ルーヴル展が巡業していた所で、行きはしなかっただろうと思う。「日本海」の上りが着く時間まで飲んで、秋田に帰るのでまだ飲んでいられる野々上さんを後に残し、河上さんと二人で酒田を立った。

沿線の所々に雪が残っているのを見て、雪が降ればもっと感じが出るのにと話をしていると雪が降り出し、新津に着いた頃に止んだ。ここから自動車を雇い、新潟に向った。途中で河上さんと高級な文学の話をしたような気がするが、どんな話だったたか思い出せない。要するに、新潟位まで遠くへ行くと、どこが違っているのかは解らないながら、辺りの景色が東京の廻りとは違っているので、それが旅に出ていることを思わせ、誂え向きに雨が降ったり、雪になったりすれば、文学の話もしたくなるのである。その晩の夜行で帰るので、旅館に行く必要はなかったから、真直ぐに玉屋に車を走らせた。

玉屋でどんな料理が出たかは完全に忘れてしまった。併し酒が今代司だったことは確かで、昭和十三年の初孫の後で少しもまずいとは思わなかったのから見れば、これはやはり立派な酒である。この晩は客が二人になったせいもあってか、美人の入れ代り、立ち代りが前々日程は頻繁でなくて、ゆっくり飲めた。オイストラッフの放送があって、畳の上に腹這いになって聞いている河上さんは一本の丸太も同然だった。それで、言わば、一人で飲んだ。その時になって、家に持って帰るお土産が何も買ってないことに気が付いたが、酒田で何か貰ったと思い直している所に、玉屋のおかみさんが鱒を一人に一匹ずつ塩にしたのと、あられと、長岡で出来る「越の雪」という、何とも薄味の銘菓を用意していてくれたことが解った。相馬屋で貰った数々のものの中には、蛍烏賊を少しばかり乾したのがあって、これは家に客があった時に自慢して出せる。そういう訳だから、旅行に行く時は出掛ける際の持ちものが少くても、大きな鞄を下げて行った方がいいのである。

十時新潟発の夜行は、東京に着く時間が少し早過ぎる。いやに天気がよくて、酔いが幾らか覚めた。そのままお別れするのも名残り惜しいので、河上さんに家に寄って戴《いただ》いてウィスキーで乾盃した。家の犬が河上さんに片手で手招きしたりしてサービスした。この犬が恐しく河上さんが好きなのは何故なのか解らないが、家に来られる時は犬の主人と同じく酒臭いからではないかとも考えている。

酔旅

東京から新潟に行って、新潟から山形県の酒田に廻り、酒田から新潟に戻って夜行で東京に帰る旅行は前にもやったことがあって、その記事も書いたのだから、同じことの繰り返しについてもう一度書くというのは無意味なことかも知れない。併《しか》し旅行そのものは意味があったので、これは酒を飲む時の心理から説明できる。

ハシゴ酒というのは、やたらに新しい所ばかり探して歩くのが目的であってはならなくて、寧《むし》ろ逆に、一定の行程を繰り返す所に丁度、春の次に夏が来て、その後で秋になるのに似た、天体の運行を感じさせて悠久なるものがある。

そこまで安心できる店を四、五軒、或は少くとも二、三軒見付けるのには時間が掛っても、それから先はただ場所を変えるだけで、天体と運行をともにすることになるのである。

旅も同じことで、見知らない場所に行くのも楽しいものであり、その為に旅をするのだと考えられなくもないが、それとは別に、旅を少しばかりハシゴ酒の範囲を広くしたものと見ることも許されて、これは移動するのに掛ける時間が長い上に、着いた場所で飲む時間も長くてこれに景色や人情の変化が伴うから、この楽みに浸りたければ、勝手を知った町から町へと、汽車もなるべく頭を悩まさない為に同じ時間のを選んで渡り歩くのに越したことはない。

と言っても、新潟や酒田の町の様子をよく知っているという訳では決してない。併し順序として話を出発点の東京から始めることにすると、その日は先ず新橋に近い文春クラブに行ってシェリー酒を買った。開けてまだ八分目位は入っている壜が一本あって、これを持って行けば新潟まで汽車の中で飲むのに丁度いいと思ったからである。それから新橋駅前の小川軒に行って酒の肴を折詰にしたのをもらって、上野駅に向った。壜詰のビールを飲み続けていると、しまいに口の中が変になって来る。又、日本酒はお燗することができないから、食堂車がない汽車に半日も乗って行くのにはシェリー酒が一番いいのである。

汽車が上州に入ると、桜がまだ満開で、綺麗だった。それに空は、酒を飲むのにあつらえ向きに曇っていた。酒田、新潟方面が飲むのに適しているのも、一つには雨模様の空をしていることが多いからではないだろうか。余りキラキラした日だと、昼間から飲むのには都合が悪い。曇天の下で、川沿いに桜が咲いているのをながめながら、シェリーを飲み、パンの切れ端にカニの脳ミソと内臓を固めたのを塗ったのや何かをつまむのは、なかなか気分が出るもので、そのうちにシェリーの壜が空になったのは少し予定外のことだった。

仕方がないから、東三条でビールを二本買って、それがなくなったころに新潟に着いた。

新潟は昨年の大火で丸焼けになったと聞いていたが、その復興振りは大したものである。尤も、これは大通りだけのことかも知れないが、兎に角、焼け跡というものは眼に付かない。

そのうちに、目的地の東堀の玉屋に車が着いた。この辺は焼けていなくて、従って昨年行った時と同じであり、安心してここの今代司《いまよつかさ》という酒を飲み出した。

シェリー酒の功徳の一つはその後で日本酒を飲んでも味に影響がないことであるが、この時の今代司もいつも通りに旨かった。

飲んでいるうちに夜が更けて、東京から電話が掛って来た。クラブのシェリーを皆持って行ったのは誰だという、銀座で飲んでいる友達からの抗議である。我々が愛用するサンデマンのライト・ドライという種類が、こっちが買った分でおしまいになったのだった。「やい、この野郎、」という声が、非常にはっきり聞えた。そうすると銀座で飲んでいる気持も伝わって来て、酒が益々旨くなった。こっちはもう、シェリーなどというものには用がないから、なおさらのことだった。

それからどうしたかは、よく覚えていない。飲んでいたには違いなくて、その他には、久保田万太郎氏にお目に掛ったような気がするが、翌日、そんな話が一向出なかった所から見ると、これは何かの錯覚だったのだろうと思う。

全く、旅先で一晩旨い酒を飲むこと程、我々の寿命を延ばしてくれるものはない。後は寝るだけで、そう考えただけで夜はとてつもなく前方に向って拡る。その晩も、やがては寝たようである。

新潟で知っていた旅館は焼けたので、玉屋を通して頼んで置いたのが、つまり翌朝目を覚した鹿島屋という所だった。前の晩は車で送ってもらったようだったが、ビールを二本ばかり飲んで、玉屋の女中さんが迎いに来たので下駄をはいて外に出て見ると、通りを距てて玉屋まで歩いて直ぐだった。新潟は下駄の名産地で、それだけの距離でも新潟の下駄で行ったのは何か得した感じだった。軽くて、よく鳴り、もっと飲みたくなった。

玉屋に戻って又飲み始めて、「日本海」という酒田の方に行く急行に乗る為に新津まで車を頼む際に、この汽車の上りと下りの時間を間違えたのは失策だった。新津に着いて見ると、上りには十分に間に合ったが、下りは出た後で、仕方がないから酒田に電報を打ち、五時間掛って駅毎に止りながらごとごと行く汽車に酒田まで乗って行くことにした。お蔭で、日本海の景色は今までになく丹念にながめることができた。併し駅毎に五、六分は止って他の汽車に追い越されながら、どういうのか、駅売りが来ないし、来てもお釣りがなくて、半分死んだようになって酒田に着いた。

そして生き返った。相馬屋の人が駅で待っていてくれて、相馬屋に着いてこの町の初孫という酒を飲み始めた。つまり、こうして駅、車、飲む場所、車、駅、汽車という公式を繰り返しているから、いつまでたっても新潟や酒田の地理を覚えないのであるが、地理は土地の人が知っているから少しも不自由することはない。

酒田の初孫は新潟の今代司と比べて、どこかもっと軟かな酒である。それだけ、今代司は灘の酒に近い感じがするが、初孫は何に似ているのか、要するに、これも旨い酒である。例えば、五時間、飲まず食わずで世界一の鈍行に揺られ続けた後で飲むと、それだけで洋服を脱いで風呂に入って、ふかふかした蒲団に入った気持になる。併しそこは一流の酒で、そういうだらしがないことを許さないから、崩れずに飲める。

非常に立派な中年の女と付き合っていると、こういうことになるのではないだろうかと、時々思うことがある。つまり、この酒を飲むものが皆、初孫になるのである。

そのうちに目が覚めると、土蔵の中の凝った普請の部屋に寝ていて、枕元にはお銚子に入れた初孫が置いてあった。これで一杯やり、顔を洗って来ると、酒の支度ができていたから、又飲み始めた。二日酔いとは言えない程度に、何か頭にかぶさったものがあったのも、これで直り、上りの「日本海」が十一時に出るまで、ゆっくり初孫と付き合った。それから「日本海」の食堂では相馬屋のお土産の分をお燗してもらって飲み、新津から車で新潟の玉屋に行って、ここで今代司に変った。この日も曇っていて、途中から雨になり、玉屋で飲んでいる部屋の外では街の明りが瞬いているのだろうと思うと、益々いい気持になった。

十時の夜行に乗って鞄を開けて見ると、まだウイスキーの角壜に初孫が一杯詰めてあるのが入っていたから、これで帰りの汽車の中も退屈しないですんだ。翌日の早朝、上野に着いて、寝が足りなくて無精髭を生やし、二眼とは見られない様子になっていたので、築地の旅館に行ってもう少し寝かしてもらい、顔を洗って髭を剃り、ここの白鶴を飲んで家に帰った。

間にもう二日あったならばという気がしたが、そう何でもこっちが思う通りにはならない。

東北の食べもの

どこか、いい所へ行って何かと楽むのが旅をする主な目的であるものにとっては、要するに、東京から北は上野駅から汽車に乗って行く所であって、それが東北だろうと、北陸だろうと、或は奥羽羽越の境だろうと、それはその人の勝手である。又、どこに何という旨いものがあるか、一々覚えている訳でもない。そこへ行けば思い出すから、それを頼む。酒の銘柄も、汽車がそこの駅に着く頃までには頭に浮ぶ。これでは小説家も、食通も勤らないだろうが、幸《さいわい》、こっちは小説家でも、食通でもない。それでも、何となく思い出すままに書いて行くと、汽車が上野駅を出て、後はどこでも、駅で蕎麦を売っている所の蕎麦は大概旨い。高崎で既に味が東京のとは違っているような気がする。尤も、これには汽車が出るまでに全部食べられるだろうかという心配が確かに手伝っていて、ベルが鳴り終らないうちに最後の一滴まで平げて汽車に戻れた満足は、蕎麦の味にも影響する。新潟から青森の方に行く時に乗り換える新津という駅だったと思うが、天麩羅蕎麦も売っている所があって、これは前から食べたいと思いながら、時間の都合や何かでまだ食べたことがない。兎に角、食べた限りでは、まだ失望したことがなくて、いつだったか佐渡のどこかで真夜中近くに宿屋で取って貰った蕎麦も旨かった。酒田の剝き蕎麦に就ては、何人かの人が、既に書いている。何故、酒田でしか作れないのか解らないが、他所《よそ》ではまだ食べたことがない。韮を温室で育てたのに生玉子を掛けたのも、酒田でしかお目に掛らない。

恐らく、酒と同じことで、蕎麦でも、或は、例えば味噌のようなものでも、旨い、まずいとは別にそれが出来た所で少しずつ味が違うのだろうと思う。それでどこへ行っても、大概そこの名物がある訳で、酒田と新潟では両方とも酒と味噌を作っていて、やはり味噌漬けのものも粕漬けのものも、何かはっきり解らない、それぞれの特色があるような気がする。何《いず》れも、そして新潟でも、酒田でもこういうものはその土地の人に作って貰うか、買って貰うのに限る。その中でも酒田の鱒《ます》の味噌漬けは見事なものであって、これを焼いていると辺り一面にその匂いが焚き込められるのは、少し話が飛躍するが、朝の食事にベーコンを焼くのに似ている。出来れば、切り身だけでなしに、頭の所も漬けて貰うといい。勿論これは鱒が取れる時だけだから、それが送られて来るのが冬の楽みの一つになる。併《しか》しその時、酒田にいれば、何も味噌漬けなど食べる必要はない。

どうしても覚えられないのは、味噌漬けとか粕漬けとかいうものにもその季節があって、そのどっちがいつからいつまでだということである。昔、電車に乗っていると、日米漁業の鱒の粕漬けがよく広告してあって、それ以来、粕漬けというのは年中あるものなのだと思っていたが、そういうものではないらしい。新潟などに行って、粕漬けや味噌漬けを持って帰りたいと言っては、いつもこっちが頼んだのではない方の漬けものの季節になっていることを知らされる。だから筋子にも粕漬けと味噌漬けがあって、粕漬けを買う積りでいる時は、もう味噌漬けになっていると思って先ず間違いがない。その筋子の味噌漬けでは、新潟の友達でお茶屋のおかみさんをしているのが自分の家で漬けたのだと言ってこの間出してくれたのが何とも旨かった。鮭が取れ始めた時に直ぐに漬けたのが残っていたのだそうで、こういうのは琥珀色《こはくいろ》になり、一口分毎に山海の珍味が籠っている。

解らないながら、味噌漬けも、粕漬けも両方とも冬のもので、二月に酒の仕込みが終って酒粕が出廻ってから出尽すまでが粕漬けなのではないかと思う。つまり、どういうのか、上越線に乗るのはいつも秋か、冬で、この間新潟に行って来たと言っても、もう四、五ヶ月前のことである。その時、同じ茶屋で出されたとろろも旨かった。こういう文明が発達した都市では、二日酔いの朝の食べものに、殊のほか工夫が凝されているようでこのとろろも、筋子の味噌漬けも、そういう、或る朝食べたのである。二日酔いの方をすっかり預ってくれるという風な感じがする食べもので、こうなると、茶屋などというのは朝行くのに限ると思う。勿論、酒付きであって、その場所の酒を飲みながらこの筋子その他を食べていると、やがて又一日を飲んで過したい気持になり、旅先で別に用もないから、それが出来る。これが金沢だと、河豚の粕漬けを薄く切ったのが不思議に二日酔いに利くが、ここで金沢まで話を持って行っていいのかどうか、忘れてしまった。

新潟の方に戻って、やはりこの間、酒田に行った時、別の友達がそこで開いている料理屋で、今でも正体が解らない旨いものを出された。鮑《あわび》を刻んだのが入っていることは確かだったが、後はただ鼠色をした泡のようなもので、とろろと何かの塩辛を混ぜたものかも知れないし、蟹の脳味噌がそういう色をしているとも思えなくて、聞いても、それが他所で食べられるものではなさそうだったから、旨いことだけで満足して、そのおちょこ一杯のものを楽んだ。それで後で、同じものを丼に盛って持って来て貰って、これを食べてからも、やはり見当が付かないまま、今日に及んでいる。東京を離れると、まだこういう家伝の料理のようなものが残っている所がある。そこまで行かなければ食べられないし、行けばいつでも、作ってくれるという訳のものでもない。景色と同じで、或る時、何かの廻り合せで、始めて経験することが出来るということがあって、生きていることにも少しは意味があることになる。

考えて見ると妙な気がするが、新潟県とか、山形県というのは米どころで、殊に庄内米が旨いことは前から聞かされているのに、そして何度も行っていながら、まだ記憶に残る程の味がする御飯を食べたということがない。尤も、どんな味の御飯も食べた記憶がないのだから、本当にまだ一度もその段階に達したことがないかも知れない。余り遅くまで飲んでいれば、釜の飯も冷えてしまうだろうし、又火を熾して温めるというのも大変だから、もう宿屋に帰って寝るとか何とか言えば、皆ほっとして直ぐに車を呼んでくれるということも、充分に考えられる。そして朝は朝で、ハム・エッグスなどという手間を省いて飲み始めて夜になり、又遅くなって釜の飯も冷える、というようなことを繰り返していれば、米どころに行ってそこの米の味を知らずにいるということの説明は少くとも付く。それで、後になってそれが残念になり、今度行ったらばと思うが、まだそれが実現した験しがない。併しそう言えば、いつだったか、もう大分前に、確か新潟から柏崎に行く汽車の中で、新潟の宿屋が作ってくれた弁当を開けたら、幕の内で、その一つを食べて見ると実に旨かった。幾ら旨くても、酒どころを旅行していてこういうものはそう食べられるものではないから、その一つで止めたが、兎に角、これであの辺の米を一度は食べたことになる。

旅と味覚

旅行するのと食べること、及び飲むことは切っても切れない関係にあるように思われる。飲まない質ならば仕方がないが、食べるのは誰でもしなければならないことで、それが又、旅行をしていると、日常生活での三度の食事とは違った意味を帯びて来る。尤もこれも人によってのことであって、汽車の食堂車などで凡《およ》そつまらなそうな顔をして食事をしているものもあれば、又、駅弁は食べられたものではないというので、わざわざ弁当を持って汽車に乗る食通もいる。併《しか》し我々が住んでいる場所でも、街でどこかの店に入って食べる例えば親子丼にはその同じ親子丼を家に取り寄せて食べたのでは解らない味があって、旅行中はそれがもっと強く作用することは確かである。何故そうなのかは難しい問題で、それを詮索して見た所で誰も得するものではない。そんなことを考えるよりは、旨いものがうまければそれに越したことはなくて、食通が何と言おうと、駅内の店で汽車が出るまでの二、三分を争って食べるただのかけ蕎麦でも、何か近所の蕎麦屋から取ったのにはないものがあるのだから、そういうことも含めて、旅の味は忘れられない。

名物というものが名物になるのも、旅行をしていると大概の食べものが珍しくて旨くなるのと関係があると言える。この場合も、名物に旨いものがないと首を振る連中がいることは事実であるが、それは名物をお土産に貰ってのことかも知れず、明石の鯛は旨くても、あの味を持って帰ることは出来ない。ということは、旅先で食べるものは何でも新鮮に感じられるということとは別に、地方によって実際に旨いものがあるということでもあって、広島の名産の牡蠣は英国の牡蠣とどっちかと思われる程の味があり、その英国に行けば、ドーヴァー辺りで取れる大振りな平目のフライは世界の他のどこを探してもない、現物を食べて見なければ解らない風情がある。それから、英国の羊肉を挙げてもいい。いつだったか、東京の料理屋でロンドンのスコッツという料理屋の献立を見せて貰ったことがあって、それに仔羊の肉を焼いたのに薄荷のソースと書いてあったのには、英国が遠いのが何とも残念な思いをした。

併しそんな遠い所の話をしても仕方がないし、又わざわざそういう所のことを持ち出す必要もない。日本は元来が食べものに恵まれている国であるのと、旅行が我々の食欲を刺戟するものであるので、日本の中を廻っているだけで、旅と言えば食べものが楽みになる。思い付くままに書くと、金沢の郊外に内灘という町があって、これは先日の安保反対と同様に、今から何年か前には内灘問題というのを起して騒がれた所であるが、現在はただの静かな町に戻っている。或る時、そこに住んでいる人に朝飯に呼ばれたことがあった。金沢辺では、家の中の壁を贅沢なのは朱、又そうでなくても何か赤い塗料で塗る習慣があって、それが古びて来ると妙に落ち着いていて華やかな気分を漂わせるのであるが、その家でも壁を赤く塗った待合室のような所に先ず通されて、お茶などが出てから奥の座敷に連れて行かれた。

既に御馳走を期待する感じに充分になっていて、これは裏切られなかった。例えば、蓋が付いた小さな鉢が運ばれて来て、開けると、鰯を輪切りにしたらしいものが一つ入っている。これが鰯を糠漬けにしたもので、つまり、金沢のこんか鰯である。内灘の鰯を何年か漬けたものだということで、その味と言ったらなかった。鰯もそんな風に大事に漬けて置くとそのまま一種の酒に変るかして、塩が利いている筈なのにも拘らず、箸で摘み始めると切りがない。一口毎に、食いしんぼうの天国に連れて行かれて、自分がまだそこの座敷にいることにやっと気が付けば、又一口、この幸福に浸りたくなる。酒の肴には絶好で、酒もよかった。どこのものかどうしても解らず、後で御主人に説明して戴《いただ》くと、金沢の福正宗だったか、日栄だったかと、他に神戸の灘の酒を一種、調合したものだということだった。

そのこんか鰯がまだ序の口の突き出しだったのだから、その朝飯の献立がどんなものだったか、想像して戴きたい。やはり、内灘の鰻の蒲焼を蕪をおろしたのと蒸したのがあった。それから鰯の押し鮨、これも金沢の名物で、どこの家でも作るものらしいが、それがここのはこの家で作ったものだった。更に、鯛のこつ酒も出た。これは鯛を焼いたのに酒を掛けてその酒だけを飲み廻すもので、こつ酒はこうして飲むものと言って御主人自ら鯛の肉を酒の中でほぐして下さった。この鯛のこつ酒も、こんか鰯も、鰯の押し鮨のことも、前にどこかで書いたことがあるが、ここの御主人の話では、こつ酒は鯛よりも岩魚の方が旨いということで、これは一緒にお出でになった河上徹太郎氏が前から言っておられたことだった。この岩魚のこつ酒が金沢の「ごりや」という料理屋で出たことがあって、こういう味覚のことに掛けては、河上さんには敵わない。

併し金沢の名物よりも大事なのは、旅行していれば、こうして朝から酒が飲んでいられるということである。それが旅と、食べたり飲んだりすることを何よりも密接に結び付けていると思われる。そして宿屋では朝寝をすることも出来れば、朝風呂に入れもするし、後は宿屋ででも、或は土地の人に案内されたどこか別の所ででも、次に乗る汽車が出る時まで飲んでいられるとなれば、何も特別に旨いものでなくても、こうして晩まででもいられると思うことが食べるもの、飲むものを旨くする。恐らく、二級酒を海苔だけで飲んでも同じことで、従って又、ものそのものが実際に旨ければ旨い程、楽みも増す。それだから、旅と言っても、本当に旅の気分に浸るのには、どうしても物見遊山の旅でなければならないので、朝起きて直ぐに日の丸物産の広報部長の所に電話を掛け、会社のエレベーターで五階まで持って行かれてというようなのは、これは日々の商売の延長で、旅ではない。そういう人種は「こだま」に乗って、食堂車で立食する。

又それ故に、その限りでは、旅の豪華版はジェット機で海外に行くことかも知れない。風呂こそないが、空港から離陸してしまえば、例えば、どんな新聞、或は雑誌の編集者も原稿を取りに追い掛けては来られなくて、実業家でも、少くともまだ今の所は、サンライズ商事のエキスポート・マネージャーに電話で話をするという訳には行かない。そしてジェット機は海抜四万フィート位の所を飛ぶから、天気が悪かったりするのは下界のことで、我々は青天井の真中に吊されてこの移動するバーの安くて上等な酒を飲んでいさえすればいいのである。下を見ると、白雲が輝いている。そのうちに段々日が暮れて来て、その場で眠る。

旅と食べもの

旅に出る楽みの大部分は、食べることにあるような気がすることがよくある。その他に見聞を広め、という風なお座なりは別としても、景色を眺めるとか何とかいうこともあるにはあるが、併《しか》し例えば東京を夜汽車で立って、明日はどんな綺麗な景色が見られるだろうなどと、そんなことを楽みに思うことが出来るだろうか。こういうことを書くのが独断であることは、勿論、知っている。併し手取り早く言ってしまえば、どこに行ったって綺麗な景色よりも食べものの方が沢山あるのに決っている。

旅は汽車で行く場合が多いとして、汽車には弁当が付きものである。一時は、汽車に乗って弁当を食べるどころではなかったが、これは変則なので、昔は汽車がどこの駅に着いても、何か食べるものを売っていた。そして沼津の三色弁当は、などと通を振り廻さないでも（第一、この記憶は余り正確ではなくて、そんな弁当はなかったのかも知れない)、汽車の弁当には或る共通の特殊な味があって、これはどんな一流の料理屋でも真似が出来るものではなかった。何かこう、安っぽくてそして旨い味がして、例えば鰤《ぶり》(に似たもの)の照り焼きだの、里芋と何かの肉を一緒に煮たのなどは、目隠しされて食わされても、汽車の弁当だと直ぐに解る、実にどうにもならない郷愁を誘うような風味があった。あの味が解らない人間が料理の話をするなんて可笑しくて、——などと言ったりしては、又独断になる。

大体、これも昔の話なのだが、駅で売っている弁当に三種類あって、その一つは、御飯とおかずが一緒に折に入っているもので最下級、それから御飯とおかずが別々の折に入っているのが二種類あり、折が長方形のと、四角いのとで、どうもこの四角い方のが中身がいいようだった。勿論、この駅弁の味というものは、解らない人間は解らないのだし、解っている人間には一言で用が足りるのだから、余り書きでがない話なのだが、あの四角い折が二つ重なったずっしりした重みも、それを膝の上で開いておかずをあれこれと突つき、最後にごまめとなり、切り烏賊が隅の方に一塊り入れてあるのに辿り着いた時の味も、今だに忘れ難いものである。

昔の話ばかりしているのは、この頃は汽車に乗っても、どこの弁当が旨いのか解らないからで、兎に角、食堂車が大体昔に近い形で復活したのは有難いことである。この食堂車で出す料理の味にも、何か格別なものがある。昔はこの食堂車の定食には必ず南京豆が、銀だか、ニッケルだかの小皿に盛って食器一式とともに置いてあったものだが、この南京豆の味が、食堂車の料理の味を端的に語っていた。バタで揚げて、塩を掛けたこの南京豆は、バタと塩と南京豆の味が三つとも確かにあり、その配合に至っては、恐らく一流のバタ・ピーナッツ作りに言わせれば出鱈目で、これをぼりぼり噛みながら汽車に揺られていると、旅に出たという感じがいやでも胸の奥底から湧いて来た。

それに就ては文句があるのだが、昔、汽車の食堂車で出る定食はフランス式で、例えば夕食ならば先ずスープが出て、それから何か解らない魚をこちゃこちゃ揚げてから又煮たようなのの次に、仔牛と称するものの小さな塊りを魚よりも一層こってり仕上げたものが出て、その次が何か別な肉を一塊り、やはり訳が解らない風に仕立てたもの、という具合に、一口ばかりのものが何度も運ばれて来て、その何《いず》れもが紛れもない食堂車の料理であり、その暇に南京豆を噛ったり、パンにひどく塩辛いバタを付けて食うという次第で、その間に汽車が鉄橋を渡ったり、トンネルを潜ったりして、実にいいものだった。それがこの頃は、アメリカ式に変ったのである。

つまり、分量は同じなのかも知れないが、その魚や、肉や、何か別な肉が盛り合せ式になっていて、ゆっくり食事をしようとすれば、終りまで残して置いたものが冷えてしまうし、熱いうちにと思えば気忙しくて仕方がない、第一、間に南京豆を嚙ったり、ビールを飲んだりすることが出来なくて、その為か、南京豆も付いていない。ただ栄養を取ればいいというのなら、何も揺れる客車の中を食堂車までふらふら歩いて行かなくても、家からサンドイッチを持って行けばすむことではないか。汽車の弁当は初めから冷えているのだから、時間を掛けてつまむことが出来るが、シチューが冷めれば脂が固ってしまう。だから食堂車の料理は一握りばかりのものを何度も持って来るフランス料理に限る。

併し今日の食堂車でも、楽めない訳ではない。「つばめ」が東京駅を出ると間もなく、「皆様（とか何とか前置きして）、一品料理の仕度が出来ましたから、どうぞお越し下さいませ」と拡声器に特有の女声で知らせてくれる。それで早速出掛けて行って、先ずビールに、それからこれは無難だから、ハム・エッグスを注文する。ハム・エッグスが来たら、辛子をハムにも卵にも一面に塗り付けて、その上にソースをたっぷり掛けると、不思議に正直な味がして、実にいい。それで、今気が付いたのだが、昔の食堂車の料理があんなに旨かったのは、安い調味料をふんだんに使ったからではないだろうか。あれは西洋風の砂糖醤油の味だったのである。

それは兎も角、そのソースと辛子でまぶしたハム・エッグスを肴にしてビールを飲む。そうすると、景色が窓の外を流れて行って、芝から銀座の方に行く大通りに掛っているガードを通っている時も、国電の窓から見たのとでは眺めが違う。歌舞伎座のてっぺんから立見するのと、桟敷から見るのとの違いだろうか。そんなことよりも、ビールをあおりながら辛子とソース漬けのハム・エッグスを突ついて、それで悠然として家だの通りだのを見降す心境の問題らしい。併しハム・エッグスはいつかはなくなるから、それで今度は、――何にしようか。ビフテキは少し重過ぎるから、魚のフライでもいい。これもソース漬けにして、もっとビールを注文する。食堂車の方では商売なのだから、幾ら長くいたって、ものを注文さえしていれば文句があろう筈はない。

そしてそれは又、こっちがしたいことでもあって、注文して飲んだり食ったりする為に食堂車に来ているのである。ビールが廻って来ると、一層気分が落ち着いて、横須賀線で鎌倉などに行く時には見逃していることも眼に入ったりするし、女給さんの風情も増す。そのうちに、汽車が生ビールを売る駅を通るようになるから、一度自分の席に戻って、そこで生ビールを楽んでいるうちに昼の食事の時間になって、又食堂車に行くという訳で、大阪に着くまでの大部分の時間を食堂車で過すことが出来るし、景色を眺めるにしても、ものを考えるにしても、汽車の旅行はこれに限る。席がいいということも勿論あるが、これは一つにはビールだのソースだので絶えず体にエネルギーを補給しているからではないだろうか。眼も、頭も、生き生きして来るのである。

旅と食べものの話をする積りで、つい汽車の食堂車で食べるだけでなしに、飲む話を長々と書いてしまったが、勿論目的地に着いて汽車から降りた途端に、食べる楽みと縁が切れる訳ではない。旅は、用事は別として、名勝古跡を尋ねる為のものと普通考えられている。これに異存はないので、名古屋城や、法隆寺の壁画や、金閣寺は、なくなる前に見て置かないとなくなってしまう危険がある。併し法隆寺の壁画などというものは、一度見ただけですむものではない。見に行って少しでもいいと思えば、必ず又見に行きたくなるもので、それで何度も何度も行くようになれば、これはもう旅ではなくて日常生活の部類に入って来る。そして一度見に行って何とも思わないならば、見に行っただけ損である。

所が、食べものはそうではない。どんな片田舎の駅前の食堂で食べた親子丼だって、それにはそれの風情がある。見知らない町で、言葉も碌に通じない客に囲まれて辺りを眺め廻し、自分の家や仕事などのことはどこか遠くに霞み、土間には紛れもなく温い日光が差していて、口から胃に流し込む親子丼の味を、口は、「旨いぞよ、」と頭に報告してくれる。腹が一杯になって来ると、知らない所に来ている好奇心が、腹一杯になった人間の満足感と一緒になって、生きていることが有難くならなければどうかしている。この、環境はすっかり違っていて、人間にとって本能的なことだけが残り、それがいつもとは違った新鮮味を帯びるのが旅というものを楽くし、旅で食べるものをあんなに旨くするのだという気がしてならない。

こう書いた後で、旅先で食べた何々屋の何というちゃんとした料理のことを褒めると、褒めたのかけなしたのか解らなくなって恐縮だが、そんなけちな詮索は抜きにして、昨年、大阪で大久保恒次氏に御馳走になった「生野」の鰻は旨かった。しこたま飲んだ後で食べたのだから味など解る筈はないと言われるかも知れない。併しあれだけ飲んだ後で、それも鰻のように脂っこいものがお代りしたい位旨く感じられたのであって見れば、あれは旨い鰻に違いない。と同時に又、あの時の酒にしても、鰻にしても、旅をしていて子供心に戻っていなかったならば、あれだけのものに思えただろうか。けなしているのではなくて、いい料理も旅先で食べれば一層よくなることを指摘したいのである。だから、「目黒のさんま」には一面、殿様自身は気が付かなかった真実が隠されていると言って差し支えないのである。

旅に出ると、旨いものは益々旨くなり、そう大してどうということはないものでも、やはり旨い。昔、大和辺りの仏様が見たくて毎年奈良に行っていた頃は、うどん屋に狐うどんを食べに通ったものだった。それも朝のことが多くて、ホテルの朝食の時間が九時だったか何だったか、いつもこっちがまだ寝ている頃に終ってしまうので、うどん屋でなくてもどこかに食べに出掛けなければならなかったのである。そしてそれには、狐うどんが丁度よかったのかも知れないが、それにしても関西のうどんは旨い。

関東では、うどんは田舎に行かなければなくて、その思い出も手伝って奈良に行くとうどん屋を探したのかも知れない。大体、東京の廻りの田舎というのは景色がひどく単調で、関西の仏様を見に行く金もなくてむしゃくしゃしている時にわざと八王子だとか、厚木だとか、何も面白いものはなさそうな所を歩き廻りに出掛けると（厚木と言っても、戦争前の厚木である)、その景色が寂しいことはもの凄い位で、泣くにも泣けない心境になり、その原因の一部が、腹が減っていることにもあるのだという ことに気が付いて入ったそこら辺の食べもの屋の多くはうどん屋だった。

それが奈良では、うどんが何か別なものではないかと思われる位に旨い上に、その同じ兎に角うどんと称するものを食べた関東の荒涼たる風景が時々頭に浮んで来て、これから聖林寺だとか、薬師寺だとか、関東と比べればバリ島に来た位の違いがある場所で一日を過しに行くのかと思うと、うどんは更に白くなり、汁は一段と薄味になった。うどんばかりでなくて、景色でも何でもが関西では柔い感じがするのは何故なのだろう。日本の文化の中心が関西にあった頃の方が、我々は文明人だったのかも知れない。

併しそういう手が込んだやり方でうどんが旨いと思わなくても、奈良にはもっといいものがあった。猿沢の池の上を通っている坂道の脇に、昼間は茶店が店を締めているのかと思うような小さな家があって、夕方になるとそこに赤い軒灯がついた。それで、或る日、何があるのか入って見ると、それが懐石料理をやっている店だったのである。そして懐石料理というのは中身だけのことで、例えば、右手で箸を取り上げた時は必ず左手で耳を掻き、後を向いて軽く咳をするというような、そういう難しい作法は知らなくてもすんだのだから、極楽に行ったのも同じことだった。

懐石料理というのは、つまり、この頃はもう汽車の食堂車から姿を消したフランス料理のようなもので、旨いものが少しずつちょこちょこ出て来る間に酒が幾らでも飲めるのだから、実際、これ以上にいいものはない。どの部屋も三畳位しかない小さな店で、窓の外が藤棚、藤棚の向うが猿沢の池で、そのうちに夕闇が夜になり、奈良の町の明りが瞬き出して、それでもまだ料理が運ばれて来るのが続き、お銚子のお代りを持って来るのも止まなかった。何度も行ったのに、どんな料理が出たか、木の芽田楽があったことと、どの料理も御馳走だと思ったことの他は、頭に残っていない。酒も、申し分がなかった。

この天国行きの料金が十円で、当時としてはそう安くはなかったが、旅行している時は気が大きくなるものだし、十円の晩飯をそう高いように感じないから、実は、この店を見付けて以来、ホテルで食事をすることなど考えられなくなって、毎晩、赤い軒灯がつく頃を見計って出掛けて行った。その軒灯がなかなかつかなくて、まだその辺をうろついている鹿を味気なく眺めながら、公園の中を歩き廻ることもよくあった。

今でも、それが赤くぼっとついた瞬間のことが忘れられない。それで思い出したが、これは「柳茶屋」という店だった。戦後に又始めたかどうか、そしてやはりあんな親切な料理を出すのかどうか、折があれば行って確めて見たい。

それで思うのだが、旅に出るのならば、金をなるべく沢山持って行くことである。でなければ、行く先々の土地で食わして貰う覚悟でその土地に馴染むか、どっちかで、宙ぶらりんの予算の旅程つまらないものはない。食事をするのにも、何をするのにも、こうすれば安く上るなどということを考えていたのでは日常生活の延長で、それ位ならば旅費の分だけどこか手近な場所で飲んだ方がいい。ちょっとした距離の所に汽車で行けば、片道だけで千円は掛って、千円あればお銚子が十本、鰻ならば五人前、ワンタンならば二十杯、そう思ってどこか支那料理屋の隅ででも悠々とやった方が、ずっと旅に出た気分になれる。

いつだったか、外国で少し旅の気分を出し過ぎて、月々の送金が届くことが解っている期日よりも大分前に懐具合がうすら寒くなり、勘定して見ると、煙草銭の他に、金が来るまで毎日、その時いた所から相当な距離にあるビヤホールまでビールを一杯飲みに行く位しか残っていないことが解った。それも勿論、そこまで行き帰り歩けばである。だから三、四日分を一度に飲んでもよかったのだが、その翌日も、翌々日も一杯のビールさえ飲めないことになるのかと思うと空悲しくて、とうとう一週間かそこら、毎日歩いて行って一杯飲んでは、又歩いて帰って来た。

その時の辛さには、何か実際、言い難いものがあった。考えて見ると、旅というのは日常生活からの解放であって、それだけに、寂しいものでもあるので、それを飲んだり食ったりして紛らせている訳なのである（寂しくて、腹が減っている上に碌に飲めもしない時の名画、大建築、風光明媚などが何だと言いたい。変に気持をいらいらさせるだけで、そんなものは何もないよりもなお悪い）。それで、これもいつのことだったか、誰かがアメリカにやってくれると言って、幾らくれるのだと聞いたら、一日十ドルだということなので怖じ気を振って辞退した。

尤も、即座に刎ね付けたのではなくて、十ドルを円に換算して幾らになろうと、もっと具体的な概念が得たいと思って、それで充分に飲めるかと聞いたら、相手はこっちが冗談を云っているのだと思って、まともな返事をしてくれなかった。併しそれでは困るので厳粛な顔付きをして更に追及すると、三度の食事と寝泊りには困らないということだった。それでアメリカまで行って来いというのだから、不人情な話である。

二十四時間しらふでいい気持になっていられる国が、世界中のどこに行ったってあるとは思えない。

併しアメリカは確かに面白い国のようである。丁度その話があった頃、どこかの、これは東京のさる料理屋に、ニュー・ヨークの料理屋の献立が沢山来ていて、その一枚を見ていたらスープの部に、チャイニーズ・ウォントンというのがあった。ウォントンと言えば、つまり、そういう女ということで、支那人のそういう女のスープというのはどんなのだろうと思い、色々考えた末に、これがワンタンのことなのに気が付いた。それにしても、スープにワンタンを注文した後で、比目魚《ひらめ》のムニエールか何か頼んだら、随分妙な味がするものと思われる。

序《つい》でにもう少し洋行関係の旅と食べものの話をして終りにしたい。パリにいた頃、丁度年の暮で、クリスマスの二、三日前になると、方々の料理屋の窓に大きな紙に献立を書いて貼り出し始めた。その日の献立ではなくて、一番上に、レヴェイヨンと書いてあり、これはクリスマスの前夜に、真夜中弥撒《ミサ》に行った後でする食事なのである。大変な御馳走で、こっちが平常食べているようなものは一つもなかったから、どれがどういう料理なのか解らず、ただ大概の料理にはそれに掛けてあるソースの名が出ていたし、栗だとか乾葡萄だとか、御馳走にしか使わないものが詰め込まれていることも解るので、饗宴というのはこのことだろうかという感じがした。

それで早速予約して、当日出た何十皿かの料理を最初から挙げて見ると、——という風に書けるといいのだが、それがその、一日一杯のビールの時だったのである。馬鹿げた話で、それから暫くして日本から十ポンドの小切手が届いた。これをフランに換えて、先ずその日は軽い晩飯をすませ、オペラに出掛けて行って一層腹を空かせ、それからレヴェイヨン料理を二、三軒食って歩いたって、まだ何ポンドも減ってやしないのにと思うと、残念でたまらなかった。

旅で心行くまでものが食べられるのは、今は余り流行らなくなったが、インド洋を廻ってヨーロッパに行く船の航海である。毎日、何もありはしない、或はどうかすると遠くに島の影が見えるのが関の山の、だだっぴろい海の中を、船はただ黙々と進んで行くだけだから、食べることが一日のうちで唯一の楽みになる。それで船会社の方でも心得ていて、朝目を覚すと、ボーイが紅茶にトーストを持って来る。それから朝飯で、これがコールチキンやビフテキまである豪華な代物だから、初めは嘘かと思うが、頼めばちゃんとビフテキも持って来る。それから十時に、スープとソーダ・クラッカ、それから昼飯、これは朝飯がそういうものなのに比例した御馳走で、まだそれと晩飯の間におやつがあり、何かこう、一日が食べることとの連続のような気がした。この頃は飛行機で、二日もあればヨーロッパの果てまで行ってしまうそうである。そろそろ旅心の危機が叫ばれてもいいのではないだろうか。

駅弁の旨さに就て

日本料理は世界で一番旨いという説をどこかで読んだことがあって、勿論、これは愚劣である。世界一というのは、例えば、一定の期間にスポーツで世界一の記録を出すということはあるが、それは何れ《いず》は別な人間やチームの世界一で置き換えられるのであるから、言わば、世界一はないというようなものである。それが本当なので、文学にした所でどこの国の文学が世界で一番旨いなどということは絶対にない。作品の優劣を見分けるのは容易であるが、どこの国の文学作品でも、優の部に入ってしまえば、後は相違が認められるだけである。醍醐味と醍醐味を比較して、どっちがいいなどと誰に言えるだろうか。勿論、料理は芸術ではないという見方も許される。それならば、芸術でも何でもない、女房や料理人に任せて置けばいいものだけに掛けて日本人が世界一だというのは、我々日本人を不具扱いにするものである。

併《しか》し日本料理では材料のもとの味を生かすことが主眼になっていて、そういう料理の仕方が、或は少くとも、それ一点張りの感じがするやり方が世界でも珍しいことは確かのようである（尤も、これも普通に知られている限りであって、例えば支那の奥地にどんなものがあるか、僅かに噂から察する他ない）。そしてそれが主眼なのが本当の料理というもので、だから、という論法は、マルキストが好んで使う一方的なもので、大体、誰がそう決めたのかと言えば、当の日本人なのだから話にならない。例えば、西洋料理はこの反対であって、これも国柄から来ていることだと思う。つまり、日本のように山海の珍味が空を飛んだり、海を泳いだり、藻の蔭に隠れたりしていれば、苦労することはなくて、苦労してもそれは他の国とは大分違った性質のものであることを免れない。

日本とは反対の立場から出発したのがフランス料理である。その昔、フランスでは度々飢饉が起って、その為にフランスで料理が発達したことを誰かが指摘していたが、蝸牛《かたつむり》を旨くして食べるなどというのは、確かに飢饉の時に食べるものがなくて、何かないかと探して廻った結果に違いない。又、牛の肉にしても、そうなればどんな牛の肉でも有難く思わなければならないから、上等でない肉でも旨く食べさせる工夫をする必要が生じて来る。それで料理の条件も日本とは反対になるので、原料は大したものではないことを承知の上でこれをなるべく旨いものに仕上げるのが、料理のよし悪しの標準になる。その昔、ルイ十四世だか誰だかの料理人が古い長靴の革を料理して、これを犢《こうし》だと思わせたという話が伝えられているのも、このことを示している。

そうすると、出発点はそのように聊《いささ》かみじめなものであっても、その線に沿って発達したフランス料理は日本料理など及ばない豪奢なものになったというのも納得が行くことである。材料には限りがあって、日本に幾ら珍味があっても、五、六百年もたてば底を突くのに対して、同じ材料を料理するのに工夫を加えるとなれば、その工夫一つで、味をどんな風にでも変えられることになる。フランス料理では、卵の料理の仕方だけでも百何十種類かある。又、そうなれば材料の選び方も違って来て、珍しいものばかり、或は、何はどこのに限る式で探すだけが能ではなくなり、加工した結果にむらがないものが良質として認められる。そしてここでも国柄ということが考えられるので、日本の材料はそのままでも旨いかも知れないが、加工してしまえばどこが旨いのか解らなくなるものが日本料理では珍重される。調味料や熱に対して持ち前の味を主張し通すだけの腰がないのである（肉の佃煮も、フランス料理の手が込んだ肉の料理法に比べれば、生で食べているようなものである）。

そしてこういう材料の選び方の違いには、味というものに対する考え方の違いも、勿論含まれている。瀬戸内海の鯛を刺身にした味には無限に複雑なもの、或は豊富なものが感じられて、これはフランス風の料理法が無限に複雑で豊富なのに対応する。どっちがいいということはないので、材料の選び方、というのは結局、手に入る材料の性質からそういうことになるのである。そしてそれで気が付くのは、英国の料理がフランスのに比べて簡単であるのは、それだけ英国の方が良質の材料に恵まれているからに違いない。例えば、牛肉をただ焼いただけなのが英国の典型的な料理になっているのは、それ以上のことをしては勿体ない牛が少くとも最近まで英国にいたからであり、牡蠣はローマ帝国時代から有名であって、これは勿論、生で食べる。又、火を通した魚肉の感じがするものの中で、ドーヴァー・ソールのフライよりも旨いものはない。

併し牛と牡蠣とソールだけでは、一国の料理をなすに至らない。つまり、ヨーロッパ全体が、お刺身が川の中に泳いでいたり、おつゆの最上の種が池に浮んでいたりするような場所ではないので、だから英国でも昔から高級な料理はフランス風の料理と決っていた。いい料理にはフランス人を雇うのが常識で、フランス語でコックを意味する言葉が英国でもそのまま通用している。これには、地理的な条件もあって、晴れていれば英国の海岸からフランスが見える位だから、料理と酒と女の衣服はフランスが英国に提供し、その代りフランスの伊達男は衣類をロンドンに注文するばかりでなくて、その洗濯までロンドンでさせるという風な交流が昔から行われていた。

英国人がウイスキーばかり飲んでいるというのも、そういうフランス人が英国を崇拝する余りに、フランスで勝手に言い出したことに違いない。ウイスキーは十九世紀まではスコットランド人しか飲めない猛烈な地酒のどぶろくだったので、それを誰かが澄ませる方法を発見して味も洗練されて来てから、英国人も飲むようになった。併し今でも、旨い飲みものと言えばフランスとスペインとポルトガルから来る葡萄系の酒であって、英国は何百年も前からそういう酒の最大の得意先であり、何か関税上の取り決めがあるらしくて、フランス人が葡萄酒に困っている時でも、英国では上等のが氾濫している。

併しそんなことはどうでもいいとして、大体、ヨーロッパの料理の材料は色々と火で処理されるのを待っているのではないかという感じがする。例えば牛の腎臓は勿論、生で食べられたものではないが、これを焼いてパンを揚げたのに載せて、松茸をやはり焼いたのを付け合せにすると、これこそ西洋料理だと思わせるものを持った朝の料理になる。そしてそういう材料を使うのだから、西洋料理ではソースというものが大事で、日本で普通にソースと呼ばれている壜詰めのものも、英国から送られて来る本ものは、凡《およ》そ何やかやとぶち込んで作ったものであるらしい。そしてここでもう一度、フランス料理の発生ということに話を戻すならば、あのマヨネーズというのは、これはルイ十五世の料理人が、この国王に従ってフランドルでの戦争に出掛けた時、バタがなくてソースが出来ないので困った挙句に、卵とサラダ油だけで作ったのがこのマヨネーズだった。少くとも、どこかでそんな記事を読んだような気がする。

それで、こういうこととこの小文の題とどういう関係があるかと言うと、子供の頃に駅弁を買って貰って旨かったのが、大人になるとともに薄れず、駅弁を買うのを旅行する楽みの一つに数えることが出来れば、そういう人間は健康であって、西洋料理でも何でも、世界の珍味に浸るに足る、ということが書きたかったのである。料理のことを知るのに従って、駅弁などまずくて食えないというような通人の仲間入りを我々はしたくないものである。

信越線長岡駅の弁当

これは仮に弁当と書いたが実はこの駅で売っている食べものならば何でも食べるのに価する。そういう不思議な駅で、ここで降りたことは一度しかないのにも拘らず汽車がこの駅で止る毎に停車時間が一分位しかなくていつ汽車の戸が締るか解らない危険を冒して駅に立つのはそこへ通り掛った売り子を摑まえて何でもその売り子が売っているものを買って食べて見るのが楽みだからである。そう言えばこの頃は汽車が早くなったのは有難い代りに駅売りのものを買うのがどうかすると命掛けの早業に似て来たのは残念なことで、あれでは客の乗り降りにも不便ではないかと思う。これは新幹線は勿論のこと他所《よそ》を走る急行でもそうであって、その為に食べものの方は車内でも売って歩いているというのならば駅で買うべきものを席から立ちもしないで手に入れるのは邪道で味も違うと返事したい。

長岡駅で最初に鱒《ます》の姿鮨というのを買ったのは偶然だった。富山の鱒鮨と違ってこれは小振りの鱒を二匹ばかりそのまま鮨に作ったものでその格好の入れものに入っている。勿論これは駅売りのものであるから何もこれを食べなければ一生の損であるというようなものではないが、その味付けはさっぱりしていてその上に米の炊き方が親切で、そんな説明をするよりも要するに食べると旨い。或はこの辺はいい米が取れるので、この飯が旨いということはこの駅で売っている凡《すべ》てのものに就て言えることでそれでここの幾種類かある弁当も、それからいつか買うことが出来た蟹鮨も先ずその点で最初の一口から惹かれる。その蟹鮨というのは蟹の肉をほぐして混ぜた一種のちらし鮨で、これもここの鱒鮨と同様に特別に面倒なことが言いたくなるのでなしに食べものにあり付いた感じにさせてくれる。又勿論この辺の米がいいという理由だけでこういうことの説明が付く訳ではない。

例えばいつか買ったサンドイッチは野菜を挟んだのにマヨネーズが掛けてあった。それが上等なマヨネーズとか何とかいうのでなくてそれだけの手間を掛ける用意があるということになりそうである。その同じ用意が各種の弁当のおかずにも見られて、それでそのおかず毎に食べて見るのが楽みになる。併《しか》し兎に角一分かそこらの停車で行き当りばったりに一種類のものを色々とある中から手に入れるのである。まだ何があるのか楽みである。

忙中の閑

毎年、大晦日が近づくと、気のせいに過ぎないことかも知れないが、少し暇が出来るようで、その頃になれば必ず差し始める柔かな日光を心地よく眺めて時を過したりすることがあるのに、昨年の暮はそうは行かなかった。何だか、訳もなく原稿に追い廻され、そのうち四つばかりは止むを得ずに正月に持ち越すことに決めて、一先ず仕事を打ち切ることにしたのが大晦日の朝だった。せめて役所の御用納めの頃に一年の仕事が片付けられたら、年の暮の風景ももっと楽めるのに、大晦日まで掛るのではやり切れない。

人間は仕事が出来る間が花だ、と言うが、寧《むし》ろ、したい仕事を、皆してしまって、天気なら天気で日向ぼっこをし、雨が降っていれば小料理屋の隅で雨の音に耳を澄ますとか、家に閉じ籠って読書に耽るとかする境涯こそ、人生の花と呼んでいい時期なのではないだろうか。若い頃は無暗に仕事がしたくて、仕事、仕事と眼の色を変え、暇なのは退屈することと区別が付かないことがある。自然にそうなるので、若いものが年寄りと同じ考え方をした所で意味がないが、だからこそ、そのうちに自分の仕事の性質も解って来るし、自分がやりたいことを皆やってしまった後のことも頭に描けるようになる。中島敦の短篇に、支那の弓矢の名人がその道に熟達した果てに、弓と矢を見てそれが何であるか見当が付かなくなるところまで行ったというのがある。原稿用紙を見て、昔は自分もこういうものを使ったことがあるような気がするという所まで行けば、太陽の光も一層温く感じられるに違いない。

銀座には度々出掛けるが、これは銀座界隈にある出版社や新聞社を駈け廻るのが主な目的で、銀ぶらなどやるどころか、表通りは人間が多勢出ていて歩き難いから、裏道ばかりを歩いている。併《しか》し或る時、そういう裏道の一つを歩いていて、何故かいつもとは体の調子まで違うので考えて見たら、その日は一つしかなかった用事が片付いて、自分は多少とも昔の、ただ銀座まで来たので銀座にいる時の気分になって店の窓などを眺めているのだった。建物が汚れている所も眼に付いて、翌日まで何もすることはないし、喫茶店に入ろうと、飲み屋を覗こうと勝手だった。これは得難いことで、無理にでも又こういう気持になって見たいのだが、なかなか思うように行かない。無理をしてまで、無理など少しもしていない感じになろうとするのが無理なのである。併しそのうちに又、用事一つで片付く日が廻って来たら、今度は自分がどうかなったのではないかなどと思ったりして慌てない積りである。

朝、目を覚して、今日は何もすることがないということが先ず頭に浮ぶ日も、一年のうちに絶無ということはない。そういう日は、何だか気抜けがしてぼんやりしているのが暫《しばら》く続いた後で、必ず眠くなって来る。それで朝飯をすませて眠り、昼飯の時に起きて、又その後で眠る。併しこれは芸がない話で、何かしていないと直ぐ眠くなる程、いつも気を張っていることはなさそうなものだと自分でも思う。そして何よりも、旅行に出掛けたくなる。

汽車が駅から動き出した時位、それまでのことを一切後にして来たという気分がすることはない。上野から北に向う旅行は、沿線の景色が寂しくて、直ぐにも食堂車に行って飲みたくなるが、それでも長野辺りまで来ると土地の様子に幾らか変化が出て来て、やはり旅をしているのだという感じが湧いて来る。長野に五明館という旅館があって、これはいい旅館だった。古めかしい洗面所には今時ない大きな鏡が幾つも並んでいて、大理石の洗面台も明治時代を思わせた。ここには西洋料理が上手な料理人がいるということだったから、験しにオムレツを注文したら、これが実に旨かった。それで翌朝もオムレツにして貰って、いい気持で長野を立った。旅ではこういうことが非常に嬉しく感じられるものなのである。

いつだったか、ロンドンから飛行機で香港まで来たら、途中で金を使い過ぎて一文もなくなってしまって、仕方なしに、航空会社のお仕着せのままに食事をし、一晩を明かして翌日は飛行機に戻って大人しく東京まで運ばれる覚悟をしていた所が、航空会社のバスで連れて行かれたホテルの部屋の戸が開いて、何十年も会わずにいた同級の友達が入って来た。これは嬉しかった。旅先で旨いオムレツにあり付けるなどということの比ではなくて、友達がそこに支店を出している銀行の副支店長格になっていることを聞いた時は、もっと嬉しかった。

早速金を借りたが、それからその友達の家に連れて行って貰い、久し振りに風呂に入り、ベッドの上で昼寝をして、大変な御馳走になって翌朝を迎えて見れば、金は使いたいにも使えなかった。飛行機の窓から手を振ったのが、旨い具合に友達の眼に留って、それで少しはお礼が言えたような気になった。

こういうことを幾つも長々と書いたのは、仕事をするとか、稼ぐとかいうことの他に、人間の生活が広大に横たわっているのが、近頃になって漸《ようや》く感じられて来たことを活字にして置きたかったからである。オムレツも、銀ぶらも、友だちがいるということも、仕事とは関係がなくて、それを思っていれば、仕事に文字通り忙殺される危険が少しは加減される筈なのを、自分に言い聞かせたかったのである。

人間らしい生活

旅行が好きな余りに、この頃は行商だとか、どこかの会社で出張ばかり命じられている社員だとかで暮せたらと思うことさえある。同じような景色でも、それが自分が住んでいる場所のであるのと、旅行中に眺めるのとで違うのだから不思議である。見馴れているか、いないかの問題でもないようで、いつか長崎まで行った時、宿屋の外を殆ど人通りがない、広い電車道が登り坂になって大きく曲っていて、これは東京の大曲から本郷の方に行く坂にそっくりだったが、この長崎の宿屋で窓の下にあった道の方が、人気がない坂の感じが遥かに強かった。心の持ちようなのに違いなくて、大曲から坂を登って本郷へ行くとなれば、これは用事で急いでいるのに決っている訳であり、そう言えば、町中を散歩するのを止めてから随分たった。

旅に出ることに就ては、散歩の時間を取り返す気分も少しは働いているのかも知れない。この頃、旅の行く先に選ぶ場所は、大概はもう何度も前から行って知っている場所で、実際に渡った回数では、勝鬨橋よりも新潟の萬代橋の方が既に多くなっている。大阪では、何という橋だか聞いたことがないが、朝日本社の前にある橋に立って、川の水が流れて行くのを眺めていることがよくある。これは一つは、東京が西へ発展し過ぎて、隅田川が東の片隅に置き去りにされた為でもある。併《しか》しそれで、まだ埋められずにいるのだということも考えられるから、まだそうして助っているのがせめてものことと思わなければならないのだろうか。兎に角、大阪では川を眺める。もの珍しかったり、目先が変ったりするのと反対で、旅をしている時、或る場所がいつ来て見ても同じであること位、嬉しいものはない。山口県の岩国の或る横丁に曲る角に、昔は料理屋か何かで今はしもたやになっている家があって、そこは昔通りの格子の窓を今でも嵌めたままになっている。

富士山は東京の町からも見える。そしてその時だけは旅をしている感じ、或は昔、散歩をしていた頃の感じになるが、東海道線で関西へ旅行して、岐阜の少し先辺りから、山の線が変って関東の山よりもはっきり険しくなっているのが解るのは、懐しいものである。勿論それが何度も繰り返した経験だからで、例えば、ヨーロッパに飛行機で行くのを重ねているうちにはヒマラヤ山脈やアルプスが見え出しても、同じ思いをするに違いない。尤も、関西の山の場合も最初の印象は確かに一つの新しいものに接したことから来ていて、併しそれが鮮かなものであればある程、それが何故か、始めてのことではない気がする。これは、その瞬間にそれが我々の一部と言ってもいいものになる為に、やはり我々の一部に既になっている子供の頃の記憶とか、前に読んだ本の内容とかと区別することが出来なくなるからかも知れない。このことをもっと突き詰めて行くと、プラトンの記憶説になる。

旅に出ていると、食事をするのも、その通り、食事をすることになり、これは家にいる時でもそうである筈であり、又、多少ともそうでなければやり切れないが、家にいれば食事の最中に現金書留が届いたり、その後で直ぐ仕事をしなければならなかったりする。それで例えば、町の食堂の戸を押して入って行く気持も違って、旅ならば勿論、なるべく早く食べられるものなどということは考えない。今はなくなったが、割に最近まで大阪に生野という鰻屋があって、ここへ行って鰻が出来て来るまで飲んでいるのは楽みなものだった。尤も、今はそれが普通の関西料理になっていて、それでも構わない。旅では、食べながら、仕事のことでなしに、前に同じ料理を食べた時のことを思い出したりするのである。例えば、水の味が地方によって違うのが解るのも、旅をしていれば余計なことで頭が一杯になっていないからではないだろうか。家にいれば、カルキの匂いが普通以上にひどい時でもなければ、水の味などには気が付かない。

そしてそれは勿論、少しもいいことではない。旅をしている時だけ、普通並に人間らしい生活をするのでは、何《いず》れはやって行けなくなる。つまりは生活の問題になるらしくて、それが自分が住んでいる場所になければ、これをどうにかして取り戻す他ない。東京にも生活があっていい筈なのにとも、この頃は思うようになっている。

帰郷

終戦後の二、三年は、超満員の列車で死にもの狂いの思いをして買い出しに行く以外に、旅行というものは考えられなかった。そしてそのうちに少しばかり生活の安定を取り戻して、又昔のような旅行がしたいものだと頻りに思い始めたのを、何かと旅行する機会が多くなった今日振り返って見ると、妙な感じがする。他の乗客と押し合いへし合いでなしに、ここと決めた座席に腰を降して、景色が窓の外を流れて行くのを眺めることにも、最初はなかなか馴れることが出来なかった。長い間貧乏した後で絹の座蒲団の上に坐らせられるようなものだったのかも知れない。

この頃は、旅行することそのものはそう珍しいことではなくなった。「白山」という急行に金沢から乗って上野に着く時間を調べるのに、時間表で北陸本線の下りの部を見なければならないというような専門的なことまで覚えた。その金沢で泊るのなら

「つば甚」、それが信越線の長野なら「五明館」、広島県の呉ならば「かなめ」という風な、宿屋の好みに似たものさえ今ならばある。併《しか》しこれで旅行するのに倦きて来たかと言うと、少しもそういうことはない。大体、丘の向うには何かがあると思っているうちに、実際に向うに行って見てがっかりするなどというのは嘘であって、丘の向うは向うであり、こっちとは違っている。今ここにこうしていても、長崎では丸山遊廓の真中に「花月」の庭があり、新潟から秋田に行く途中では日本海があの特有の光でのた打っているのだと思えば、幾ら旅行するのを重ねた所でその魅力が失せるものではない。

どうあっても間違いないことは、我々が汽車その他から降りた場所は、我々が住んでいる所ではないということである。それで余程例えば名所旧跡に憧れたり、仕事のことで頭が一杯になったりして、他のことが眼に入らなくなってでもいない限り、我々が見るものは我々の日常の苦労を離れて他所《よそ》の、他人の生活と結び附き、ただぼんやりとそこにも人間が住んでいるという感じだけで眺められる。その為に川が如何に静かに白い石の間を流れ、街の明りがどの位人間臭く横丁の塀を照すかは、旅行が好きなものならば誰でも知っていることである。そして我々が宿屋に着いて、お疲れでございましょうと言われるのは、長い旅の疲れに対してであるよりも、街の明りが街の明りにも見えずにいた日々の面倒やいざこざを忘れさせ、拭い去る為の言葉なのだと考えていい。余り一つのことに追い詰められていると、それが我々の生活であっても、我々は疲れて来る。

そして旅行をしていると、我々が毎日繰り返している生活に対する見方も違って来る。第一、我々が旅行して帰って来た我々の町や村は、まだそこに帰って来るまでの気持で眺めることが出来て、ここにも我々の個人的な生活の立場から見ただけではない人間の生活があることが解る。時間が絶えずたって行くことを思えば、我々はいつも同じ場所で同じことをしているのではないので、部屋の窓からの眺めも日の差し加減に従って変って行く。齷齪《あくせく》するのは我々の勝手であって、旅行者には見えるものが我々には見えなくても、それは我々が住んでいる場所のせいではない。やはり、明りは瞬き、電信柱は夜空に黒く立って、自分も自分であることを越えて人間であると感じることが出来る。人生は旅であるというのは、必ずしもそう寂しい意味で言われたことではないのである。

老後

ものを書くのが文士の仕事であるならば、何も書かなくてよくなった時が文士にとって、昔の子供がお正月などにやった双六の遊びで言えば、上りだということになる。そうすれば退屈するだろうと思うものがあるならば、そんな心配は無用のことに属する。芥川龍之介が何かに、二、三日も仕事をしないでいると寂しくなると書いているのを読んだことがあるが、芥川は三十幾つかで死んだ人間で、もう二十年も生きていたならば、そういうことはなくなったのではないかという気がする。文士の仕事というものに就てもう少し具体的に考えて見れば、それは解ることで、ただ書くのが仕事なのではない。一つの形をしたものが出来上った後は、それと同じものをもう一度という訳に行かず、或る形をしたものが一つ出来上る毎に書く仕事は減るので、それが次々に違った形のものが際限なく書けるというものでもない。一人の人間が書いたもの全体がそれで又一つの形をしたものになるからで、それが出来上れば、後はもう何もそれに付け足すものがないのである。

一生、書き続けるというのは、それまでのもの全部を合せたものがまだそういう一つの形をなすに至っていないからであると見られる。そしてそれで一生、書いて死ぬ人間もいれば、生きている間にそれが出来上ってしまうのもいる。尤も、この頃のことだから、それでも何か書いていなければ干乾しになるということもあるかも知れない。余り有難いことではないが、そこの所が旨く行って、書くことがもうないのみならず、書かなくてもよくなったらと思うと、荒海を乗り切った船が港に入って来る有様が頭に浮ぶ。それから先はどうするか。船は港に錨を降して船体を休める訳であるが、人間にもそれと同じこと、或はそれと余り違わないことが出来る筈である。始終、何かしていなければ寂しいというのは、どういうことだろうか。或は、何かしているのは構わないが、それが仕事と呼べるものである必要は少しもない。そういうことに思い当る頃から、頭が勝手なことを想像し始める。

酒池肉林などということを言うものは、人間の体がそれに堪えられるものかどうか、全然考えていないらしい。自分とは余り縁がないことなので、ただそういうことを言って見るだけですませているのだろうが、酒というものは時をたたせるのに適している。毎日飲むという風なことをすれば、何《いず》れは酒のことを思うのもいやになるに違いない。併《しか》しそんな規則正しいことはしないで、兎に角、いやになるまで飲むというのはその間が楽めるのみならず、二日酔いの頭を抱えた翌朝が雨だったりすると、ぼんやり雨だと思って外を眺めているのもなかなかいいもので、人間、そういう時でもなければ自分が確かに自分がいる所にいるのを感じるのは難しい。酒は一人で飲むのにも、誰か気が合った相手と飲むのにも適していて、一人で飲み屋で飲むのも、それ相応の味がある。これがよく知っている店でも、始めて入った所でも、それぞれ楽めるもので、何れも二日酔いの朝、外で雨が降るのを眺めている感じが時々、頭を掠める。

それが、もう何もすることがなくなってからのことを思えば、想像は更に勝手な形を取って行く。これから、或は翌日、しなければならないことが頭にあるのが、我々にどれだけ窮屈な飲み方をさせていることだろうか。明日というものがなければ、現在は完全に現在であり得る訳で、もう一本頼めば終電がなくなるも、もう一軒寄って行けば円タクを摑まえるのが難しくなるもない。家に帰らなければならないのは、翌日の仕事があるからで、人生、少し歩けば大概はどこかに人を泊めてくれる設備がある。始めて来た家で朝、目を覚して、これは一体どこなのだろうと思う楽みは、仕事というものがあるようになってからは滅多に味えなくなった。この頃は絶無であると言ってもいい。それが、その位のことはやり放題になるので、気が向けば、そのまま汽車に乗ってどこか遠くにあって昔から好きな場所に出掛けて行くことも出来る。それも、講演しになどではないのである。

これで、酒の次に旅というものがあることになる。それから読書で、商売の為以外に本を読むということも絶えて久しくない。旅も、本も、何れもそれだけで幾らでも未来の夢が描けるものである。併しそれだから、止めて置く。凡《すべ》ては老後の楽みに取って置こうと思うのである。

*

東北本線

これも昔の話である。どの位昔かと言うと汽車が上野駅を出て青森に着くまで急行で二十何時間か掛った頃のこと、先ず昭和の初期から戦争が始るまでの間としてそのどの辺でもいいという所か、それ程昔のことならばこれ以上詳しいことを書いた所で面白くもないことになる。これが人間が暗い思いをして生きていた時代であると今は差し当り考えられていてそれが戦後に作られた伝説であることは多く説明するまでもないことであるが上野から青森まで行く東北本線は当時は文字通りに暗いとする他ないものだった。今はそうではないと言えるかどうかも解らない。併《しか》し兎に角これはその当時の話であって大宮、古河というような汽車が最初に通る駅からして寂しい限りのものだった。又それが進むに従って変るのでもなくて一つにはこれは汽車が過ぎて行く関東平野というものとも関係がある。そしてこのことは今でも変っていない。もともとが関東平野というのは人間が住む所でなかった。

そこに蝦夷その他の原住民がいたということはあってもその数がこの地方に人間がいるという程のものでなかったに違いないことは現にこの平野が我々に与える印象からも解ってそこに道が何本も出来てそれが車で埋まり、それに沿って人間が住む建物が群をなして並ぶという今日のような事態がいきなり起った所でこの人間がいなかったということがどうにもなるものではない。それは空地を雑草が蔽っている様子からも明かで古くからの都が荒れ果てて浅茅が原に変ったのとは全く別種の寂しさがある。そういう人間が多少は住むようになってから三百年たつかたたないかの土地に敷いた鉄道を汽車が進むのであるから、従って又その点は今も大して違いはしないことになってもその頃は余計なものがいつの間にか出来て注意を逸らせることもなかったから一層暗い感じがしたとも言える。ただ野原に雑木林、そしてそれも冬が厳しい為か年月の恵みで枝を張った木の緑が眼を楽ませるということもなくて時折見える家は茅葺きでもそこに住むものの生活を映してか茅屋の意味を説明してくれる。それは天気がいい日でも気が滅入る眺めだった。

坂本はただ暑中休暇に北海道まで行って見ることを思い付いてその汽車に乗っただ

けのことだった。その頃は当時の金で二十五円出せば上野から函館まで行って後は二週間どこでも北海道の好きな所を廻って又戻って来られる切符が買えたものでこれは大学生の身分でも高く付く旅行にならなかった。坂本が惹かれたのがまだ見ない北海道の天地にだったのは言うまでもないことで先ずその前に上野から青森まで行って聯絡船に乗らなければならないことは勘定に入れてなかったのみならずその必要もなかった。まだ二十を越して間もない頃の年齢ではその位のことは苦にならない。併しそれにしても沿線の景色は旅情を誘わないもので又その頃の東北本線は鉄道省に虐待されていたのか客車の作りも粗末なものだった。それは三等車で当時は汽車に一等と二等と三等があり、大概の汽車は二等と三等か或は三等だけだったことも言って置く必要があるかも知れない。坂本が買った二十五円で北海道を廻って来られる切符も三等に限られたものだった。

その頃は長距離の汽車が込んでいて席がないというようなことが先ずなかった。併し坂本が乗った客車の席は上野から満員でこれはどこを見ても坂本が取ることが出来た窓際の席の窓から外の他は人がいることだった。そうすればどうしてもその方に注意が行くことになる。そして客車の作りも窓から外の景色も要するに粗末ということに尽きる時に坂本と乗り合せたその客車の客達もそのなりも顔付きも或は態度にしても同じそうした感じのものなのが周囲の影響でそのような印象を与えるのか東北本線というのがその種類の雑な客を雑な場所に運ぶ為のものであるからなのか坂本には判断が付かないままにやはり注意はその雑な客達の方に行った。これはかなり疲れることである。坂本の年ではそれは一層気が重くなる程度のことに止ったが景色と人間とどっちも特色がないものであれば眼は自然に人間の方に向ってその人間にこっちの興味を惹くものがなくてはただ無駄に注意力を働かせ続ける他ない。偶《たま》に聞えて来る客達の話もつまらなかった。尤もそれが面白かったならば余計なことで頭を疲れさせるということもない訳である。

旅をしていてこういう時に退屈し切るのを免れるのは兎に角どこかに向って進んでいることは間違いないことである為かも知れない。その汽車の窓からの景色がどれだけ平凡なものというのか寒々したものであってもそれを見ていれば汽車が動いていることが解って踏み切りを通ったりしている際にはそれがかなりの早さでなのであるのが感じられた。そのうちには、それが翌朝でも青森に着いてそこから聯絡船になる筈だった。そのことを何度目かに考えた時に坂本は始めて自分の隣の席にいる客に気が付いた。或は寧《むし》ろ初めから自分の隣にも誰かいることは知っていたのだったが汽車で隣同士になるというような場合にはなるべくその方に注意を向けないでいるのが普通でこの時になって漸《ようや》くそれがどんな男か横目で確めたのだった。それは大男でその当時としてはまだ珍しいことに黒に近い鼠色の背広の着方が板についていた。坂本がその方から直ぐ又眼を逸らせたことは言うまでもない。

併しそれが初めから半ば無意識に感じていた通りの大男だったことが印象に残った。まだ大男というものが日本にそういなかった頃のことで七尺近くあるのではないかと坂本は思った。又その体格もそれに似合ったがっしりしたものでその感じを越えて一層太っていたならば相撲取りに間違えられそうだった。そのどこか精悍な所があるのも或る型の相撲取りを思わせたがこれが勝負で鍛えられたものなのか持ち前の性格が何か他のもので和げられた名残りなのかというようなことを考えさせる結局は曖昧なものもこの男にあった。例えば力ずくで押して来てそれに飽きるとか或はそれだけでは足りない場合もあることを知って今度はその足りないことを身に付けるのに力を入れるとかすることで得る柔和というものもある筈である。坂本はそういうことをいつの間にか考えていることで自分が隣の男に興味を持ち始めていることに気が付いた。

兎に角窓の外を過ぎて行くどうということはない景色や雑談に時がたつのも知らない様子の他の客達よりもこの黙って煙草も吸わずにいる男には注意していて頭を疲れさせないものがあった。

妙なもので自分が誰か他のものに目を付けていると自分の方も見られている感じになるのが普通で坂本は表情を強ばらせる所までは行かなくてもその汽車が上野の駅を出てから始めて自分もその乗客の一人であるという気持がして来た。これはやはり身構えるということをする部類に入る。そして一方がこの状態にあることは相手にも伝わるものらしくてその時にその隣の男が坂本に、

「どこまでお出でですか、」と言った。それは全くの挨拶の感じでこれに対して坂本は単に、ええと答えても相手に咎められはしない気がした位だったのでそれと同じ心の寛ぎから、

「北海道までです、」と言った。

「あすこはいい所です、」と男がそれまで話していたことの続きのように言った。「どこか日本よりも大陸の一部の感じがするでしょう。」

「今度が始めてなんです、」と坂本は言った。それまで二人で話をしていただけでな

くて前から付き合いがあったようで坂本をその男はそういう気分にした。その男の話し振りもそれを手伝っていたかも知れなくて誰かに何か言っているのでなくて誰にというこでなしに述懐でもしている口調で、

「雲が地平線から昇るということは内地じゃ先ずない、」と続けてその男が言った。「別に羊がいるから西洋だなんていうんじゃないんですよ。尤もその西洋も平たい所が多いから北海道も平たい点で西洋を思い出してもいい訳だ。日本て狭いでしょう、」とこれは明かに坂本に向ってだった。

「そうだろうか、」と坂本は言った。「富士の裾野を見ているとそう狭い感じもしないけれど。」坂本は旅行をするのが好きなのだった。

「いや、狭苦しいと言っているんじゃない、」とその男が答えた。「それと狭いのは違うでしょう。例えば奈良の町にいるとどこを見ても山があるけれどその山が笑っているようで、或は眠っている感じで狭苦しいとは思わない。併しその山があることはある。それがその山がないということを考えて御覧なさい。」

「千里暮雲平かですか、」と坂本は何かで読んだことを思い出して言った。

「鷲《わし》を射た所を振り返って見ればでしたか、」と男が言って自分に話し掛けている口

調に又戻った。「併し北海道でも少し行けば直ぐに海になる。支那ならば千里の地平線位それが誰もが見馴れた景色だと言ってもいいんだ。だから気宇がどうのこうのなんていう話を聞かされた所で別に面白くもない。それが本当ならば支那で生れたものは皆気が大きいことになる、」と言って笑い掛けたことで男は相手がいるのを思い出した様子で又坂本に向って、「併しだからそういう風にどこを見ても山も海も本当になくてただ野原が空との境まで拡っているとか大河がうねって行く岸の所どころに竹藪の竹が戦《そよ》いでいるのが村がある印だとかいうのはそれはそれなりに気持がいいものですよ。それならば西洋でなくて支那を北海道で思い出していたことになるのか。支那にだってポプラの並木はある。北支那と満洲の境に山海関という所があるのを御存じでしょう、あれはきっとそこにいると山も海も見えるんでそれで珍しくてそういう名前を付けたんですよ。」その間も汽車は駅から駅と通り過ぎて行って男が話している大陸の景色と現に通っている既に東北に入り掛けた地方の寂びれた自然が坂本の頭の中で、或は寧ろ眼の前で重なり合った。

その時に窓の外にあったのが那須野でそれまでの人間が住んでいない場所の印象を一挙に押し進めたものがそこに拡った。それは寂しいのを通り越して荒んでいてそこの自然に親むには人間以外の動物の感覚が必要であることを思わせた。この荒野は戦闘が終った戦場ではなかったから鬼気も迫らず、それで考えられるのは殺生石の伝説もそこでは人間以外の動物も生きて行けないか或はそうするのを好まないことを示すものなのではないかということだった。既に関東平野ではなかった。併し曽《かつ》てはこうした無人の土地が関東の大部分を蔽っていたことが充分に想像出来てまだしも関東の方が人間に故郷と親まれるものであるならばそうなるまでに二、三百年掛ったのは決して長い年月ではなかった。坂本は窓からの景色を眺めていてその通りに関東が好ましい場所に思われて来た。それは到底雅びているとは言えないものだったが大きな欅《けやき》の木が並ぶ街道を歩いていて日が暮れ掛るとうどん屋か蕎麦屋の軒灯に火が入っているのが見えるのは関東だった。坂本の隣の男が言っている支那の景色というものを坂本は知らなかった。併し支那でも関東でも那須野のような人間に見離された感じの場所はこれに対抗して人間にもっと温く肌に触れる自然を記憶に呼び戻させることになるのではないかと思われた。

「狭いというのともやはり違いますかね、」とその次に隣の男が言ったのは話が又日本のことになったのだった。「ギリシヤだって面積の上じゃやはり狭い国でしょう。

そして昔はもっと狭かった訳だ。ヘラスという名前はあったとしてもそれよりもアルゴリスとかアティカとかの方が親み易いでしょう。」その男は坂本の制服からこれを学者の卵と見てその位のことは常識の積りで話をしている様子で又それがその大男の体格や洋服の着こなし方と別に矛盾した印象を与えなかった。北海道で始った話がギリシヤに移って行ったまでのことなのだった。「今のギリシヤ人が昔のギリシヤ民族とどの位の繋りがあるものか解らない。併し今のギリシヤだってその風土から昔のギリシヤを偲ぶことが出来ます、あのかちっとしていてその為に天地と仲よくしていられたギリシヤを。」この男は次には北極の話でも始めるのではないかと坂本は思った。併しギリシヤにもいらしていたのですかとは聞けなくてそれは支那よりも坂本の好奇心を唆《そそ》ることだったが聞かずにいるうちに男の方からその先を続けて、「あすこに海賊、いや、それよりも密輸入業者ですか、その根拠地がありましてね、」と言った。「併し密輸入業だから海賊もやる。どうかして必要がある時には同業者の船を襲うんですよ。あの小さな島が幾つもある地形は昔と変らない訳でしょう。そのどの島にもそういう根拠地があると言っていい位だ。」

「そして千艘の船を船出させるんですか、」と坂本が言ったのを男は至極自然に受け

入れて、

「そう、」と答えた。「併し一人の美女の為にじゃない。それに千艘じゃ利かないかも知れない。この場合は言わばトロヤの方にも船があることになるんですから。」

「何を密輸入するんですか。」これはそういうことの話になっている以上聞いても別に可笑しくなかった。

「そうね、エジプトの煙草、トルコの阿片、アラビアの真珠、インド、ペルシャの宝石、アフリカからは象牙、要するに密輸入ですからね、普通に持って来れば関税が掛る貴重品ならば何でもです。」その男はその種類の物品を実際に扱ってそれがどんなものか知っているようにそれをただのそういう物品として並べているのではない感じがした。そうするとこれは海賊、或は海賊を兼ねた密輸入業者なのか。或はそうだったことがあるのか。坂本はそのような禁句であることを口にする代りに、

「日本の瀬戸内海でもそれが出来たんじゃないですかね、」と言った。

「海賊は発達しましたよ、」と男が言った。「併しその点がギリシャと日本の違いなんですかね。その瀬戸内海のどこへ行ったたって日本でしょう。又そこを出ての支那や朝鮮は遠過ぎる。そこへ行くとギリシャは昔からそれ自体の資源は大したことはなくて

もそれがある国に囲まれていて税関がなかった時代に密輸入もなかった訳だけれど船が行き来して何でも持って来ていたのは昔も変りはなかった。ギリシヤの船が英国まで錫を取りに行ってたんですよ。」もう汽車は郡山を過ぎて今は見る限り所謂、東北の土地が拡り、その眺めが男の話に重なるのでなくて坂本は既に大分前から眺めの方に興味をなくしていた。

人と話をしていれば吹雪の中の山小屋でも時が過せる。又それがどれだけ贅沢な座敷や洋間でも話に気を取られているうちにはただどこかで相手と話をしていることになるもので坂本が相手の男といるのが東北本線の汽車の中であるのはただ偶然にそうであるだけのことになった。尤も汽車は午前中に上野駅を出てその頃も日本の鉄道に既に食堂車はあったがこれもこの線の汽車には、或は少くとも坂本が選んだのには付けてなかった。それで弁当を買うことを話の合間に考えるようになってからも大分たっていたが男がその時立ち上って網棚から豚皮で張った小型の鞄を降すと、「何か食べましょうか、」と言った。そして通路の方に鞄の蓋の背が向くようにして開けた中は坂本も百貨店で見たことがある遠足に行ったりした際の食事用のものが入っていた。又その蓋の背があるのでそういう重宝なものがそこで使われていることで他の客の目を惹くこともなかった。

「いいものを持っていらっしゃる、」と坂本は言った。

「生憎と体が大きいでしょう。それで一々立って行って駅で弁当を買って又戻って来て腰掛けるのが億劫なんですよ、」と男が言って笑った。確かに男が何かと出しては坂本に渡すその鞄は男の膝の上では一層小さく見えて坂本は男が鞄の中身を全部食べても足りないのではないかと気が咎めたが幾らでも色々なものが鞄に入っていてそれでその鞄が膝の上で小さくなるその男がそれだけ大男に感じられた。やはり鞄から出した銀の壜を男は取り上げて坂本に渡した同じく銀のコップに注いだ。それはウイスキーだった。

「汽車の中じゃしようがないでしょう、」と男が言い訳した。「その代りに酒を持って来ればお燗しなければならなくて葡萄酒の入れものはこの鞄に大き過ぎるから。」併しそれは泥炭の匂いがまだどこかに残っているアイルランドのウイスキーで坂本は何かで読んだことがある始終霧に包まれた感じだというアイルランドの景色を想像して見た。その汽車が今通っている一帯にも霧が降りていたがその為にどういうのか眺めが和げられるということがなかった。坂本が持っているコップは丁度手の中に隠れる大きさでこれも人目を惹かなかった。坂本とその男は東北本線の急行の客車にいてどこにいると思うことも出来た。

「ロンドンの霧ということを聞きますがね、」と男が言った。「あれは余り気持がいいものじゃない。例えば夕闇ならば何でもがただ昼間と違った具合に見えるだけでそれが朧げになのが眼を休めてくれる。或はそれが夜の暗闇ならば明りに照された所が絵になって浮き出る。それがロンドンの霧じゃ明りも何も、じゃありませんね、何も見えないんじゃなくてどこを見ても黄色っぽい煙幕のようなものが眼を塞ぐという感じで拡っているんです。それが黄色っぽいのが汚れているからだということも解っている。尤も人目を晦《くら》ますのにはあんなにいいものはないかも知れません、こっちを探して廻っている刑事でも何でもこっちからぶつかって行きでもしない限り。」

「それで逃げ遂《おお》せたものもいるんでしょうね、」と坂本は言った。

「いるでしょうね、」と男が言った。その体格でと坂本は自分が考えているのが可笑しくなって勿論それを言いもしなかった。相手はどういう聯想からなのか又支那のことを持ち出して、

「支那の平原もいいんですがね、」と言った。「生憎そこを走らせてもいい筈の馬がな

いんですよ、今の支那馬は驢馬を少し大きくしたようなものですから。貴方は唐三彩の馬を御覧になったことがあるでしょう。」

「それはあります、」と坂本が答えたのはその方のことに詳しいからではなくて坂本が住んでいる町の骨董屋の窓に出ていた唐三彩の馬が欲しくてたまらず、その値段を五百円と聞かされて諦めたことがあるからだった。

「あの頃の支那は馬も立派だったんでしょう。それに乗って将軍が城外に猟をした訳ですよ。何というんでしたっけ、汗血馬ですか、あれはずっと西方のどこかにそういう名馬の産地があったんでしょう。その名前がどういう意味なのか考えたことがあるんですが勿論赤い馬、本当に赤い色をした馬なんかない。併し或る種の例えば栗毛が汗をかけばそこだけ赤く光るっていうことはあるんじゃないでしょうか。兎に角唐の時代の馬っていうものが見られたならばと思う。それが日本だってそうなんですよ、幕末の頃までには日本にも陸《ろく》な馬はいなくなっていたらしい。」

「天下泰平になると馬が駄目になるんですか、」と坂本は言って見た。

「もし馬を一種の武器と考えていればね、」と男が言った。「貴方は支那が文明国である理由にどういうことがあるとお思いになりますか。」これは直接に坂本に対してその答えを求めてのことで坂本にはその場での返事が思い付かなかった。

「その一つに戦争を讃美した詩が支那にないっていうことがある、」と男が言った。

「勿論それがあるということだけで野蛮の証拠にはなりませんよ。あのフランスの、」と言って客車の天井の方に男がやった眼にそれまでになかった光が漲って又消えた。

「あんな風に何ともかとも見事な国歌は戦争を歌ったものです、我が国の敵の血で我が国の畑を洗おうっていうんですから。そしてフランスは貴方も御存じの通りの国です。併しそういうのが漢詩に全くないっていうのはこれは驚いていいことじゃないのか。それ程戦争が嫌いなのはそれだけ戦争を経験しているんでしょう。支那の詩に戦争が出て来ると、例えば何ですかね、征旅《せいりょ》に取られた夫が帰って来ないのを若い妻が家の門の所に立って待っているんだとか白骨が野を蔽っているとか悲しいことばかりでしょう。それでいて支那に武人がいなかった訳じゃない。李陵は、——」

「五千の兵を率いて匈奴の大軍を向うに廻して十何日、何十日って戦ったんでしたっけ。」坂本はウイスキーの酔いが廻って来ているのを感じた。

「それも陸な武器を持たずにね、」と男が言った。「そこは中央にいる役人どもがしょうがない連中だったものだから。又それも支那らしいことじゃないんだろうか、武人が尊ばれないんですよ、蒙恬《もうてん》、韓信、岳飛《がくひ》、そしてもし自分の国の武人を冷遇して異民族に軍隊のことを任せるっていうことがなかったならば安禄山の乱だって起きはしなかった。それが文明だっていうことになりはしないけれど野蛮人ならば人を殺すのが美徳である以上に生き甲斐を感じることなんだから詩にだって、――」

「ホメロスのあの殺戮、」と坂本は言った。

「そう、ギリシヤって一口に言いますけれどね、ギリシヤにも長い歴史がある。」坂本はギリシヤで海賊をやったようでもあるその男に初めはもっとその辺のことが聞きたいと思っているうちに男の話に釣られて海賊のことはいつの間にか頭から消えていた。どれ程の薄鈍《うすのろ》でも学識を身に付ける位のことをするのはそう難しいことではない。その代りに人間のまま字引のようなものになるのであるが人間の健康な好奇心から自分のものにした知識はその人間がいる世界の延長であってそこにその人間が遊ぶのみならず他のものもそこに来て遊ぶことが出来る。この男もギリシヤの海賊仲間と仕事をしているうちに曽てのギリシヤというものに対する興味から正式のギリシヤ語を覚えてビュデ版か何かで古典を読むようになったのではないかと坂本は思った。又そういう具合に漢籍に親むことも出来ればオランダの風景画が好きにもなれる。それは小田原よりも尾道の方が蒲鉾が旨いことを知るようになるのと少しも変ることはない。「明け方に船隊を組んで行きますとね、」と男が言った。「舳《へさき》に立っていて聞えて来るのは焼き玉機関の音だけなんです、それから時々波が舳で砕ける音と。その廻りの海は銀色をしている。あれを聞いていて艀《はしけ》が港を横切って行く音とちっとも違わないと思ったもんでした。あの海が葡萄酒の色になるのは夕日に染められてなんですよ。これはまだ日も出ていない朝早くなんです。それから一時間もしないうちに打ち合いが始るのとその位の時間で艀が遠洋航路の船の横腹に着くのと海が朝早く銀色に光っていれば何の違いもないものなんですよ。これはどうでしょうか、」と男が話の続きのように鞄の中から厚切りのハムを焼いたのを掬い取って坂本が膝の上に置いている皿に載せた。それはハムの表の所でまだざらめと丁香の黒い塊が付いたままだった。

「そのうちに打ち合いが始るんですか、」と坂本は聞かずにいられなかった。

「始る時にはね、」と男が言った。「それもどうということはありません。」その口調もそれまでと変らなかった。尤も男の表情が前よりももう少し和いだものになった感じだったかも知れなかった。「よく生死の境をさ迷うとか弾が雨や霰と飛ぶ中をとか言うでしょう。あれは他のものが後になってそんなことを考えるので実際に弾が飛んで来ている時には、これは直ぐに解ることとの筈なんですが、雨だの霰だのってことが頭に浮ぶ訳がないでしょう。そんな風に気が散れば打たれてしまう。又それだから気が散ることもない。先ず静かなものですよ、その音は別とすれば。」

「そうするうちにどっちかが勝つ、」と坂本は言った。

「或は引き分けになってどっち側ももと来た方に戻って行く、」と男が言った。「ただ気を付けなければならないのは敵の船に乗り込んだ時に自分の船が何かの拍子に又離れて行くかも知れないことなんです。それで海に飛び込んだりすればやられるのに決っている。だから自分も自分の船に飛び移るか、或は敵の船を分捕る他ないんですよ、でなければ死ぬかね、」と言って男が笑った。「確かにこういうことは詩になりませんね、詩よりもずっと面白いじゃないですか。」

「そう、詩は面白いものじゃない、」と坂本は言った。「あれはただいい気持になるものなんだ。」

「そう、」と男が言って坂本の方を見た。「或は詩でもそうでないものでもどっちでもいいんでもしあんなことが本当に詩になればそれは詩なんで暁の海戦じゃなくなる。」

「エーゲ海でのですか、」と坂本は言った。

「そう、」と男が言った。「考えて御覧なさい、ナクソス、キオス、キュレネ、そういう島がもとのままの名前であるんです、或はその名前でもまだ解る。サモトラケ、レムノス、ザクントス。」

「Doulichion te Same te kai huleessa Zakunthos.」坂本もギリシャ語は齧っていてギリシャ神話ならば誰でも知っている。

「naietaō d'Ithaken, amphi de nesoi.」現代ギリシャ語の発音がどういう風のものなのか坂本には解らなかったが男のは坂本が世話になったギリシャ語入門にある通りのものように聞えた。

「ギリシャが日本に似ているのかも知れませんがギリシャだけは特別な国なのじゃないでしょうか、」と坂本は言った。「例えば葡萄酒を世界の海に一滴落したというような。」

「ギリシャを御存じですか。いや、御存じでいらっしゃるようなことをおっしゃる、」と男が言った。「併しそれならば日本もギリシャに似た特別な国であってもいいのじゃないでしょうか。日本が神国だなんて言っているんじゃない。もともとが神国なんて誰にも意味が解らないことじゃないですか。そしてギリシャが世界に何を与えたかと言えば彫刻だとか幾何学だとか建築だとかいうことになっているけれどそれを与えることになったそのもとのものは、そこの所なんですが、一種の落ち着いていて穏かな精神、そういう精神の穏かな落ち着きだっていう気がする。又それがどこにでもあるものじゃないんですよ。日本にはそれがある。例えばギリシヤの山や川にも日本の山や川にもそこの神がいるでしょう、そしてそれが人を威し付けるものじゃなくてこれを祭れば人と仲よくするものなんです。それだからどこへ行っても祠や神社や神殿がある。」イタリーのペストにあるポセードンの神殿の廃墟を前に写真で見たことがあるのが坂本の頭に浮んだ。例えばそれと日本の神社が一緒になるだろうか。それがならないとは言い切れなくてただその実感が坂本に来なかった。

「併しあの彫刻はどうにもならないでしょう、」と坂本は言った。

「そう、日本にはパロスの大理石が、いや、どこの大理石もなかったから、」と男が答えた。「そうするとこれはやはり瀬戸内海と地中海の違いでしょうかね。その大きさも違う。併しこれはどうだろうか、地中海っていうのはヨーロッパの海の中で一番味が細かいんですよ、バルト海や北海、或は大西洋はあんなものじゃない。前に大西洋に突き出ている英国の西南端の岬に立っていたことがあった。あれは言葉を絶する眺めでもあんな荒削りのものからギリシヤは生れて来なかった。日本が太平洋から生れて来なかったのと同じです。そしてその岬に立って思い出していたのがギリシヤだったのか日本だったのか、それがギリシヤからそこに行ったのだからギリシヤであってよかった筈なんだけれど。」もう電気が付いてから大分たった客車の窓の外は闇でそこが見えた所で別に見る程のものはないことを坂本は知っていた。その客車にいる他の客の中には眠り掛けているものもあった。そうするとその為に自分の隣にいる男と二人だけでその狭い座席で飲んだり何か突っついたりして話をしている感じが更に強くなって汽車が走っている時の何の音とも区別が付かない音とともに聞えて来るのが自分達の話し声、そして眼の前に拡るのがその話に出て来ることだった。それにはウイスキーの酔いも手伝っていた。一体に酒の酔いには飲んでいるものをその廻りから遮断する作用があって坂本には他のものが眼に入らないままに隣の大男が景色に見えることもあった。

「喉が渇きますね、」と男が言って鞄の中からもっと大きな銀のコップを二つ出すと洗面所の方に行った。そのコップも遠くから見ればアルミニュームと別に変らなかった。それに水を注いで戻って来て一つを坂本に渡すと、

「併し我々は銘々にその神社とか祠とかいうものを持っているんじゃないですかね、」と男が言った。「或は炉でもいいですよ。ローマ人も炉にはそこの神がいると思っていた。或はただ闇の中に火が燃えているようなものと考えたっていいんですよ。併しそれがなくて、そこに自分がいて火に温っているという気がしなくてトルコ中の阿片を買い占めた所で何が面白いんです。従ってその一部を奪いに船を出すということも意味がない。例えば遠くから帰って来て向うに自分の家が見え始めた時の気持のようなものですかね、これは。或はその家に着いて薬缶に湯が沸いているのを聞くのでもいい。」

「そうすると故郷というものがなければならないということですか、それは、」と坂本は直ぐには相手の言葉の意味が摑めなくて言った。

「ええ、併し故郷と言ったっていつもそこにいられるとは限らなくて始終そこのことを思い出している訳にも行かないでしょう。それに故郷がない人間というものだって考えられる。併しその人間にもここが自分がいる場所だというその場所よりもその気持がなくては他のどういうことも大して意味があるものじゃなくなるということが言いたいんですよ。これは誰でもには当て嵌らないことなのだろうか。併し兎に角その気持があればその場所にもその気持になる時にいつでもいることになるので実際にいる場所はそれだから幾ら変っても構わない。寧ろその方は始終変っているのが普通でしょう。」

「時間が語り掛けて来るということなんですか、」と坂本は自分にとっても意外なことを言った。

「そこでは時間が語り掛けて来ます。又そうでないと自分と向き合うことが出来ない。これを自分を見詰めるというような青臭い意味に取っちゃいけないんですよ。それよりも自分と向き合うというのは自分が息をしているのを感じることです。そして故郷ということを一つの観念にまで煮詰めればそれは同じことを指すと思う。」そこで男が何度目かに坂本とそれから自分のコップにウイスキーを注いで男はそれを又大きな方のコップに空けて水割りを作った。「どうも今日は日本とギリシヤとばかり言っていてしつこいようだけれどその観念と故郷を本当に一致させたのが日本とギリシヤなんですよ。例えばドイツ人、普通のドイツ人にとって故郷が何であるか考えたらいいでしょう、ただもう涙に塗れた代物じゃないですか。併し本当はそれは涙の種じゃなくて心を弾ませるもの、人間を正気に戻すものでなければならない筈でしょう。それは地名が詩で果している役割にも見られる、日本とギリシャの詩でね、」と少し度が過ぎたかというように男が坂本の方を見た。坂本は漸く解り掛けた所なのだったが何か言うことを思い付く前に男が、

「どうもそんな話がしたかったんじゃないようだ、」と続けた。「そういうことよりも今までに色んな所に行って別にそう方々に行った感じがしないのにもその自分がいる場所の問題が絡んで来ていることが言いたかったんじゃないですかね、それからもう一つ、その為に自分が実際にいる場所も身近に感じられたということ。」坂本は日本の歌に出て来る地名を思い出していた。交野、小倉、春日、又六十余州の国名の殆ど全部が歌になっているに違いなかった。或はその半分だろうか。例えば東北の方ではという所まで来て安達ヶ原の名が浮び、その為に昼間見た外の景色に引き戻されそうになった時に男が、

「アフリカのカラハリ沙漠の傍に山がありましてね、」と言って坂本が滅入るのを救った。「それは地図になんか載っていなくて寧ろ丘と言った方がいいかも知れない。併しそこは昔からアフリカの神々がいる所になっていたんです。それがなっていたでいいのか。そこは丘の程度のものでも、これは行って見る他ないことになるけれど昔

はどうだったっていうようなものじゃないんですよ。そこに何かがいるとしか思えない。その岩壁の方々にあのブッシュマン族の特技だった動物の絵が書いてあってその丘が草原の向うに、そう、蹲《うずくま》っているとでも言うんでしょうか、獅子がそんな風にして首を擡《もた》げて蹲っていることがある。それが山が聳《そび》えて四方に睨みを利かせている感じなんです。そこは猟をしてはならないことになっていて一緒に行ったものがそれを忘れて鹿を一頭打った所が、これは何と言ったらいいんですかね、ただありのままに話せば打った後の銃を装塡する装置が捩じ曲げられたようになって使いものにならなくなったんです。その時いた土人の話じゃもし神々に昔通りの力があったらばその人間は死んでいただろうと言って嘆いていましたよ。そうすると神々の力というものも衰えることがあるんですかね。それよりもアフリカそのものが昔のアフリカじゃなくなっているのかも知れない。」その話は坂本以上にその男に興味があることのようで暫《しばら》くすると又そのことに男が戻って、

「アフリカっていうのは世界で一番古い大陸なんですよ、」と言った。「もと通りの状態を今まで保って来たという意味ではね。あの猛獣は皆まだ地中海というものがなかった頃にヨーロッパの気候の変化でアフリカに渡って来たものなんです。そしてあの

ブッシュマン族というのは初めからアフリカにいたものらしい。ブッシュマン族が岩に書いた絵で二万年前のものと推定されているのがあるんです。ブッシュマン、——」その先を男が言わなかったのは色々なことが頭に浮んで来てその整理が付かないからであるようだった。併し又暫くして、

「土地を所有していなくて又その必要も認めないから野蛮人、或は人間以下のものだということがありますかね、」と男が言った。「所が十九世紀の後半に南アフリカにオランダ人が渡って来た時にズル族やカフィア族とは協定を結んでこれはそういう種族は土地を持っていてその土地にオランダ人が入って行くか或はそこと隣合せに土地を持つことになったからなんですがブッシュマンは浮浪人、或は寧ろ鳥獣並の扱いを受けることになってこれは誰にでも勝手に打ち殺せた。それはブッシュマンが土地を持っていなくてそういう生活をしていなかったからなんですよ。ただそれだけの理由だった。」実は坂本はそれまでブッシュマンという名前を聞いたことがなくて殆ど機械的に、

「その岩に絵を残したのがですか、」と言った。

「そのブッシュマンです、」と男が言った。「併しその絵のことなんじゃない。その何

でしたっけ、芸術なんていうことならばブッシュマンがアフリカに現れた頃にヨーロッパにいてその後消えちまった原始人もやっていた。併しブッシュマンはそれから二万年もアフリカに住み着いて世界に類がない文明を築いたんです、自然を飼い馴らすことで。」

「自然を飼い馴らす、」と坂本は言った。

「そう、それにはアフリカの恵まれた自然ということもあった訳ですよ、」と男が言った。「併しこの民族はそれを荒す代りにだから手馴付けたんですよ。例えば野生の蜂の蜜があるでしょう、その巣がある所を知っている鳥の一種があってこれがそこまで案内する。その鳥は今でもいるんですがね、そうするとブッシュマンは或る種の草を焚いて蜂を眠らせて蜜を取るとその一部を必ず鳥に分けてやるんです。それからもしそれをしないとその人間が必ずひどい目に会うという言い伝えがあって、そしてこれは言い伝えだけなんじゃない。」そこで男は言葉を切って暫くして、「そんなことはどうでもいいことですよ、」と言った。「併し二万年、或は一万年でもいい、それだけの年月というものを考えると初めからそういう鳥がいたんじゃなくてブッシュマンがその鳥の一種にそういうことを教えたんだとしか思えなくなる。その鳥と蜂と人間の関係、例えばブッシュマンは草を焚いて蜂を眠らせるということから他のことも大体が想像は付くでしょう。そういう関係を人間と人間のものに移して御覧なさい、そこに文明がある。」

「それはまだアフリカにブッシュマンがいるということなんですか、」と坂本は聞いた。

「いますよ、」と男が言った。「それだから、」とそこの所でその深夜の急行で男が又何かの具合で元気づいたようだった。「それだからブッシュマンには故郷もある、今では随分追い詰められていますけれどもね。現在は大体の所がカラハリ沙漠なんですが或るブッシュマンがその考えでは罪にならないことをして懲役になって医者には解らない原因から段々弱って来た。そしてカラハリ沙漠の赤い夕焼けが見たいと言っているうちに死んでしまったそうです。これは前に言った故郷の観念ではなくてそれそのものです。併しそういう古い民族ならば故郷の観念を実際の故郷から切り離すことは出来ないんじゃないでしょうか。あれは他の文明との接触がなくて同じ民族と自然だけを相手にその世界を作ってそこに生きて来た。併しそれだからそれが文明でないことにならないでしょう。それは一緒に住んで見れば解る。」坂本にはその民族がどういう色の皮膚をしているのかも想像が付かなかった。又カラハリ沙漠の名は前に聞いたことがあってもそこの夕焼けが壮大なものなのか、それとももの悲しいのか、そんなことを考えているうちに眠ってしまった。

その次に坂本が気が付いた時には客車の電気に対抗して薄明りが外から差している具合から夜が明け掛っていることが解って男が隣で煙草を吸っていた。

「そのうちに乗り換えで降りなければならないんですよ、」と男が言った。その行く先を聞いたものかどうか坂本には解らなかった。それよりもカラハリ沙漠のこと、ギリシヤのこと、支那の平原のことが坂本の頭に浮んだ。何《いず》れ又とでも言ったものなのだろうか。弘前を汽車が出た頃から男が荷物を纏め始めてその次に汽車が止った時に、「ここで降りるんです、」と男が言って笑顔になり掛けて鞄を三つばかり下げて向うへ歩いて行った。又汽車が動き出して外は前の日にも増してどうということはない景色が曇った空の下に続くのが夏とは思えなかった。坂本は青森というのはどんな町だろうと思った。

道端

英国の小説に登場する或る旧家の出の人物によれば仕来りに適った屋敷というものは必ず道か川に面しているそうである。尤もこの面しているというのはそこに門があってそこから英国の屋敷ならば並木道が更にずっと奥まで続いていることなのであるから屋敷そのものが人が行き来する道から見えるかどうかは別であるが見えても見えなくても、そして又そうした本式の英国の屋敷に限らず道端にあるかそこから始まるということは人間が住む世界との直接の繋りを示してその辺を通るものを安心させる。そこからも人間の世界が拡っていることが明かだからである。又それが道でなくて川であっても川にも舟着き場があって舟が行き来するから同じことである。生憎それが今日でもそうだろうかということが直ぐに問題になる。東海道五十三次よりも東海道線よりも新幹線の伝でものを考える、或は多少は頭を働かせた積りでいる結果であって今日ではどこへ行くのでも自家用車という運転も下手ならば手入れも悪くて二、三年もたてば新しいのと買い換えなければならない代物に乗って行くのが普通であるからその代物の動きに気を取られてどこをどう通っているか注意する訳がないというのである。確かにそれならば道端にあるものというのが既に何のことか解らなくなる。

併《しか》しこれは本当だろうか。もしそうならば車から眺めを楽むという名目による自然の破壊が目立ち過ぎる。又もし日本国中のものが日本国中に車を走らせているというのならばこれは明かに嘘であって大体が日本の人口の密度が世界で第何位でもないのは例えばその第二位か三位の英国ではその全面積が人間が住む場所であるのに対して日本の面積の八割までが人間が住めない深山や峡谷の地形をなしていてそこも勘定に入れればまた現在の幾倍でもの人間を収容する余地が残っていることになるからである。つまりは前人未踏ではないまでも人がそれ程行きもしなければ住んでもいない場所がそのどうにも住めない地形の周辺に結構あるということでそこに新聞種になったりすることが起きさえしなければこれからもそのことは変りはない。現に鳴りもの入りで宣伝されて年に何百万という避暑客が集る町から千尺も上まで登ればその町にあやかって東北東軽業町という風な名前に改称しても宿屋が儲かりもしなければ投資の積りで土地を買ったものが先見の明を誇ることも出来ないというような所が幾らもある。

それで又道のことに戻れる。山梨県のそうした知られた避暑地からやはり少し山を登った辺りにも避暑地の恩恵を一向に蒙らない村があってそこまで来れば前の車や後の車や自分が運転している車のことで頭が一杯で現に通っているのがどういう道か気付かずにいるというようなことはない。その村に車で来たとしてもこの頃並に村の人達が持っている車と擦れ違う位なものでここで登場する野本という一人の男の考えでは東京から何に乗って、或はどれだけの乗り換えをしてその村に着くのでも着いた上は車の厄介になる必要はなかった。どこへでも歩いて行けたからで村の人間が一軒毎に車を持っていてもそれが砂埃を上げて道を走る程の軒数がその村になかった。更にその村の道もこの頃並に舗装してあった。それで歩いていて自然に注意が自分が通っている道の方に行く。その両側は主に雑木林でこれを抜けてそこは高地だったから村のものが栽培している玉蜀黍《とうもろこし》や各種の野菜の畑に通う道があり、この舗装した道に面して村の人達の家もあった。それが多くなった所で雑木林が尽きていて店があったりすることから村の中心に来ていることが解った。

そこの村にあるようなのはただの店であってもそれがもっと大きなものになってかなりの人口の町にあれば別に片仮名を幾つか並べた名前で呼ばれることになってそういうのを二つか三つ経営していれば思惑で売れるかどうか多分に疑しい土地を山奥に買ったりしないですむ。野本はその村が気に入って夏毎にそこの外れの一軒を借りて秋になるまでの間を過すことにしていた。そこが気に入ったのは夏向きに涼しくて乾燥しているということもあったが更にその村が何もない所であることに強く惹かれた。この頃はその反対に何かあることが目立つことであってもし柿の木に囲まれた茅葺きの百姓家が田圃の向うに見えればそれは方々で見られるものであるから何もないのであるのに引き換えてその茅葺きの家を取り壊して四方をガラスだけで張った家を建てればそれが珍しくて何かがそこにあることになる。その村は人が住んでいてその為の家や店があるばかりで男が行く美容院さえもなかった。

そうするとそこが寂びれていることになるというのも不思議な論法である。その辺の農産物は何《いず》れは都会に持って行かれて食べられたものでない罐詰めに変るのであってもその罐詰めの需要が相当な額に上るものでこれを満す為にその村で出来るものもその大部分が山を下って都会に持って行かれた。その上りで少しも村人が困ることはなかったのである。ただそうして出来た余分の金を使うのに村人達は銘々の車に乗って麓のあちこちに点在する町に出掛けて行ってそこで入るような場所を自分達の村に作ることは考えていないらしかった。このことを説明するのにその行く先は自由でも麓の有名な避暑地には誰も行こうとしなかったことが一つの手掛りになるかも知れない。野本もそこは通り過ぎるだけで村のものがそこを除けて行く他の町というのがどんな場所なのだろうかと思うこともあったがそれも思うだけに止った。その村がいいことが解っていて浮気をすることはなかったのである。

目立たないのが何もないことなのであるから普通にその日その日を送るのは何もしないでいることで野本はその村に来て何もしないでいた。そこは夏でも夜になると寒くて野本がその家に切ってある囲炉裏で粗朶を燃すと煙が旨い具合にその部屋の天窓に吸れて行くのが初めのうちは不思議だったが住み馴れるとその家が凡《すべ》ての点でいい具合に出来ていて例えば居間から台所、或は台所から風呂場に行くのに億劫な思いをしないですんで仕事がし易く工夫されていることに気が付いた。野本は独身で東京でも自炊に近い暮しをしていた。併しその村の家は具合よく出来ているだけでなくて目立たない所に、時には何の為か解らない風に趣向が凝してあり、そこの居間の庭に向った方に雨戸が終る所の壁に出窓があってその不恰好な三角の両面は併し色ガラスで張ってあってそれは一見して古いものであることが解った。それは色ガラスというものが日本に入って来たばかりの頃のものに違いなかった。それならばそのことと一つから察してその村には写真がまだ珍しいものだった頃に写真術に凝ったものや英国製の猟銃で猟に出掛けたものがいたのかも知れなかった。

日本で文明開化というようなことが唱えられた結果生じた野蛮な風習の一つが都会に対する憧憬と言ったものだったということが考えられる。その都会は西洋風のものだったから東京である他なかったが蛮風が国を蔽ったということはあり得なくて英国の銃でも色ガラスの窓でも気が向いたものを取り上げて自分が住み馴れた場所で暮すのを続けるというのが珍しいことではない筈だった。或は珍しくはならなくて寧《むし》ろその方が普通のことでなければならなかった。明治の頃にそこの村の人達がどういう暮し方をしていたかは解らなかった。併し今は罐詰めの食料になる野菜を出荷して不自由することがなくて明治には明治で当時というものに合ったことをしてやはり不自由しないでいたことは野本が借りている家の色ガラスからも想像することが出来た。東京に出たものもいたかも知れない。併し野本がその村で気が付いたことの一つにそこの村の家でもその他の建物でも昔からそこにある感じがするもの、或は少くとも新築したのがそのまま又古くなって行ったと受け取れるものばかりであることで東京に仕事をしに出掛けたものも村の自分の住居を人手に渡さずにいて大概のものはその生涯をそこで終えに又戻って来たのではないかという思いにそれが野本を誘った。

村は人数が少い割にそれが占めている区域が広くてそこの道を歩き廻るだけでも時間が結構たった。その眺めも別に何があるというものでもなくて雑木林を通して差して来る夕日に木の葉の一枚一枚が透けて光るとか林を抜けた所に玉蜀黍の畑が拡っていてそれが晴れた朝ならばその向うに山梨の連山の稜線が空を区切っているとかいう東京にいても注意すれば似たものを見付けるのが難しくないようなことばかりだった。ただ東京では注意することが必要である程度に余計なもの、それは例えば設計者の狙いが解らない建物や明かに町というものの性格を無視した施設が気をその方に逸らせる働きをするのに対して野本が来ている村ではただ眼に入るものをそのまま受け取るだけでそこにその村とその周囲という一つのものがあった。それは狙いとか構想とかの問題でなくて村にいるものが余計なことに頭を使わず又そういうことが初めから頭にない為と思われて野本はその辺を歩いていて安心した。或はそれ以上にただそこにいて息もすれば眺めもして余計なことに煩されなかった。

それでも村の人達と大して付き合うということもしなかった。そのそれでもというのも妙な言い方で都会にいて隣の家の人間が何をしているのか解らないというのは無関心、或は更に積極的に無視することの結果とも取れるがどこだろうと普通に暮していれば見栄を張るとか世間態とか物見高いとかおせっかいとかいう余計なことで必要以上の付き合いをする気も極めて自然に起って来ないものである。野本が商用その他で東京に書留速達の郵便を出しに村の郵便局まで行ったりする時はそこの向いの酒屋を兼ねた雑貨屋でビールを飲んで来るのが楽みだった。それでそこの主人とは長年の付き合いでどこの夫婦に子供が生れたとか畳屋の隠居が死んだとかいう村での出来事は大概はそこで飲みながら知った。併しそれで自分がいる所に店の主人を呼ぶ気を起しもしなければ店の主人に呼ばれたこともなかった。これは用を足せばそれですむということでなくてそこの店先で飲んでいて充分に楽めて主人の方もその間はそれを喜んでそれですんでいるのだった。

別にそこに東京から来ている人間に対する遠慮というようなものがある訳でなくて又野本が相手を田舎ものと思いたくても思えるものでなかった。ただ田舎に住んでいる人間であるから田舎ものなのでなくて田舎ものというのはどこか鈍感なのが都会人と呼べるものの洗練が不足しているのを目立たせることを指し、その不足がなければ都会人と田舎ものの区別は解消する。もう一つは何かの形での教育ということがあるだろうか。野本がその店で飲んでいる時にその頃東京から帰って行ったばかりのウィーンの歌劇団によるモツァルトの歌劇の再放送があって山の空気が澄んでいるということがどの程度にそうしたことに影響するのか放送とは思えない冴えた音が野本をそれまで飲んでいたもの以上に酔わせた。そしてその全曲が終るとそこへ又ビールを持って来た主人が後の放送を消した。例によって既にすんだこととの解説を誰かがやり出したのである。野本はその村にいてモツァルトを聞いてそれがそこの眺めに更に光彩を添えているのを感じた。

気が合った人間同士ならば会った時には会ったでそのまま別れられる。その村の人達と野本の付き合いはその類のものばかりで村に入って行くと挨拶したりする前にあすこに誰がいると先ず思って挨拶の言葉は古馴染みに対するものだった。それが友達の集りならばそれよりも更に温いものを感じてもその為に騒々しくなって時がたつのを他のことと取り違えるということもある。併し村の店が並ぶ道を野本が歩いていて知っている人間がいると思うのが浮き足立つことではなかった。そういうことをするのは道の両側を見て浮き足立つようなものでそこの軒先やそれが続く向うの屋根の勾配はただいつもの様子で野本を迎え入れた。或はそれを目に留めて野本はそこに来たと思うだけだった。それは又いつものそこだと何か変化を求めることでなくて野本が出て来たその村の家、又そこから歩いて来た道の続きがあって足を運ぶに連れて生じる変化が野本が求めているものだった。

或る場所に住むにはそこがいつも同じであってはならない。又絶えず変っているのでも落ち着かなくて自分が知っていることが起ってそれが自分にとって親みがあるものである時に人間はその場所にいる。それで例えばビールでなくて買うものがあるので雑貨屋に入ってそこの帳場がいつも化粧品の棚と向き合っているのも親みを覚えることで煙草がその次にいつ入荷するかを知るのは村での暮しの延長だった。これはそういうことだけで人間が生きていることになるだろうか。もしそれだけならば山を見てもそれが山の形に眼に映らない。そこの村のものは山の様子で天気が占えた。それは長い年月に亙って山を眺めて来た為だけでなくてその度毎の、又それをした期間毎の記憶が眼の働きの幅を増すからでその記憶はその村にいて山を眺めたことに就てのものだけとは限らなかった。或る所を遠く離れて経験したことも人間の記憶に加えられてその働きを柔軟にするのでこの柔軟と幅があって記憶は的確に働く。これは人間が常にその生涯とともに生きているということでもある。

野本もその村の人間がそこにいるからいつもそこにいたと言った早合点はしなかった。そうした身の上話を聞きたがるような余計な真似もしなかったがそこの魚屋で佐久の鯉も又その隣の食料品屋でゲッツのサラダ油も買えた。それが旨いということを知っていることの方がどうして知るに至ったかという昔話を聞かされるよりは関心を持つことが出来ることでそれは関心という種類のことを通り越して単にそうあるべきことだった。例えば世界というものがあることに馴れてもそれで世界中にいる訳に行かない。その村の人達が世界を知っていてそれがその村にいることの邪魔にならないのだという説に野本はいつも戻って来た。その村の舗装した道の片側が暗渠《あんきょ》になっていてその蓋が取ってある所で野本は暑い日にそこを流れている水から昇る冷気に涼むことがあった。そうして立ち止っているとその辺がどうにも道の両側に家が並んでいる村で野本にはそれに付け足す必要があるものが考えられなかった。これでよしと思ったとも言える。

もう一つその村に来て野本の心を惹いたものにそこの動植物があった。犬も人間も動物の一種であるから野本は先ずそこの人間に惹かれたものであってその人間が他の動物、又そこの植物に対して示す態度に田舎にいて自然に親むというような紋切り型のことですまないものがあった。その自然に親むと言ったことが実際にあるのだろうか。又それならばその親むというのはどういうことなのか。野本が知っている限りでは田舎の人間でも他の動物、或はそこにある植物に対しては自分達に害がない間は無視し、あれば容赦しなくて植物は主に収入の材料に見えるのが普通だった。併し野本の村の人達はその動植物のことをよく知っていてどの鳥の名も又その習性も、又檀《まゆみ》が秋になると赤い実を付けてどんなになるかということも野本に聞かれるままに教えてくれた。それで野本にとってもそういう鳥や獣、又檀の木が生きものになった。そこの村の人達が世界というものがあるのを知っているのと同様に世界にいるのが人間だけでないことを知っているのが感じられた。

野本が借りている家の庭はかなり広くて、或は寧ろ庭の木立ちに遮られて野本にはどこまでがそこの家の庭なのか解らなくて木立ちまでの雑草の中、又木立ちの下を見ていると栗鼠《りす》が走って通った。或は立ち止って辺りを眺め廻してそれが別に警戒している様子でもなかったから野本はただその辺を眺め廻しているのだろうと思った。その庭には栗も胡桃もあって栗の実を毬《いが》ごとどうやって栗鼠が扱うのか野本には解らなかったが胡桃は幾つもの実が房になって枝から下っていて栗鼠は枝伝いにそこまで行くと房の茎を食い切って口に残った茎を啣《くわ》えて又枝伝いに戻って行って木を降りるか、或は房が重過ぎるとどうかすると地響を立てて地面に落ちたのをそこまで来て引っ張って行った。どこに住んでいるのかは野本は知らなかった。併し家族連れで餌を漁りに来ることがよくあって互に必要以上の表情を示さないのが人間のよりも家族連れの感じがした。それが冬籠りすれば互のぬくもりに親みを覚えて安心して眠るに違いなかった。

そこは禁猟区なので少し村に長くいると雉《きじ》の家族も一列になって野本の所の庭を横切って行った。それが大きさの順なのは親の後から子が付いて来るものと思われて雉の家族も一向に警戒している様子を見せず禁猟区であることが鳥に解るならばそれでその村に鳥が多いことが納得出来た。併し栗鼠は、或は日本の栗鼠は普通は猟の対象にならなくてその村でのように栗鼠が気儘に振舞う所を野本は北海道以外に知らなかった。その中には年取って大きく伸びた尾の毛が全部白くなっているのもあり、それが飛び廻るのを見ていてその栗鼠の世界、或は生涯というものが野本の頭に浮んだ。それは雨に濡れるのを嫌うことや日に温ること、食物の豊富、空腹、又その他にも野本が栗鼠の世界に就てまだ知らないことで出来上っていて更にそれが積み重なった時間がこれに加ってその世界をなしていた。そのことは人間の場合も少しも違っていなかった。ただ栗鼠の素直な性格を失わないでいるならば人間が受け取ることは遥かに多様に亙っていてその点で栗鼠の上に立つことが許されそうだった。それともそう考えることに誤算があっただろうか。野本に栗鼠というものに就て解っているのはこれが餌を漁って飛び廻ったり木に登ったりすることと極めて素直な動物であるらしいことだけだった。

栗鼠がいるのを見てそれに気を取られて郵便局の前の店でビールを飲み、いつ新たに煙草が入るかを考えて煙草を吸って窓の色ガラスが朝と夕方で違った色合いに光るのを時刻の目盛りにするというようなことで村での日々がたって行った。そしていつもその背景を通っている幾条かの道で村のどこのことを考えてもそこへ行く道が野本の頭に浮んだ。その中には雑木林を抜けて行く舗装してない小径も入っていてそこを歩いている時の足触りが記憶に戻って来ることでその辺の景色も思い出せた。どこへ行くのにも道を通るのでそれで人の行き来が始終あるのが野本には道というものの魅力に思われた。又それ故にどこか村の中のもう人が住んでいない家までの小径が草に蔽われ掛けていたりするのはその廃屋と同様に味気ないもので人間にとってやはり人間がいる世界が興味を惹き、その同じ世界にいる栗鼠やかけすや大瑠璃《おおるり》というような鳥獣に対する関心は人間に対するものの延長である他なかった。もし人間から始めるのでなければ人間以外の動物の眼付きも読み取ることが出来ない。そしてその興味の持続を保証するように人間の世界ではどこへ行っても道が通っていた。そのことを野本が東京ではそれ程感じないだけのことで野本が住んでいる場所の近辺は兎も角東京ではどこかへ行くことがその途中の状況よりも先に立つことが多かった。

野本が何度目かの夏にその村に来て或る時村の中心を通り過ぎて反対側の外れまで行くと野本が借りている百姓家と同様に道に面して、ただ野本がいる所は道に向っている部分が表であっても裏に庭その他があってその方が住居の向きであるのに対してこの場合は村の他の店と変らず道の方に間口を開いて一軒の店が出来ていた。そこはその村も入れて二つか三つの村からの道が麓に降りる道と一つになる所でその店が何か一種の飲食店であることは一目見て解ったが客商売には屈強と思われた。それがそういう店であることを示して道から駐車場の広さを残して奥まった店の前に板に木の枝を白く塗って打ち付けてカフェという字が表してあった。これが先ず野本の眼を惹いた。昔の東京や大阪のようにカフェという名が付くものが氾濫していてはただカフェだけでは不充分であってもフランスの田舎で村にただ一軒のカフェならばそれだけで通る。そこの店はただ一軒のカフェだった。それで店の作りをもう少しよく見ると明かにカフェ風の店であることを考えて設計した新築で道に向って開くガラス戸を付けて砂利を敷いた駐車場の一部にも椅子と卓子を置き、その戸の他にもガラス窓が多くしてあるのは店の中を明るくするだけでなくて見晴しの為と思われた。

それはまだ朝の時刻だったが野本は入って見る気を起した。フランスならばカフェに朝行くのは普通のことである。その店の中がそのままカフェの感じがしなかったのは殊更にフランスのカフェの真似をしたのでないということでそういうことよりもその店の飾り付けや家具が如何にもその場所を得ているものばかりなのが野本には新鮮でさえあった。東京でもそれ程のというのでなくてそういう店の内部はこの頃の東京では先ずないのに近い。或る店、或は建物自体を考慮に入れて家具その他を工夫するのでなくて、外国とか最新式とかいうことが先に来るからでその前にその店や建物にした所で同じことである。日本でカフェ、或はカフェーというのが何を指すことになっているのであってもカフェをもっと普通の日本語に直せば喫茶店、或は酒場、或はその両方を兼ねたものということになるだろうか。野本が入ったその店はその両方を兼ねていてその一方の隅に止り木を廻らした酒場があり、その店の卓子毎に置いてある献立てには紅茶もコーヒーもあった。もしカフェというものを日本で可笑しくない意味で日本風にしたならばそういう店になる筈でそれで野本は却ってフランスのカフェを思い出した。

野本がビールを注文したのは郵便局に行った時の仕来りに従ってでなくてフランスのカフェでビールを飲むのが普通のことだからである。その店の従業員はそこの村の人間ではないようだったが町や村が幾つもあるその辺で待遇さえよければ店で働くものを集めるのは簡単である筈で更に東京から来た人間を別に何とも思わないのと同様に外国に行った人間もただそういう人間と見る気風は野本がいるそこの村に限ったことでないのかも知れなかった。それに店で客の種類によって従業員が態度を変えるのは下の下のことである。野本は注文を聞きに来た給仕の様子から店の主人がどんな風にか兎に角そこで働くものを訓練しているのを感じた。そこに来る客はその店の所で一つになる幾つかの道のどれかを通って麓の方に降りて行くもの、又そこから銘々の村に戻るものが主なのに違いなくてそのうちの何人かが店の外に車や貨物自動車を止めて現にそこで卓子を囲んでいたが都会風の恰好をしていなくてそれがそのそういう店で板に付いているのが野本には思い掛けなかった。そこの常連なのでそういうことになったのか。アメリカで貨物自動車の運転手のことをどういう風に言っているか野本は知っていた。併しそこに来ているのは身なりに拘らずただそこに来ている客だった。

それまで野本は店の中のことに気を取られていてまだ眼を自分が選んだ窓際の席から外に移していなかった。そしてその方を見て改めて道というものを感じた。その店は土を盛り上げたのか初めからその地形だったのか道よりも高くなっていて外に止っている車の屋根を越えて近辺の村の一つに行く道が両側の村に挟まれてゆっくり曲っている眺めがそこにあった。それは小川が流れているのとも鉄道の線路とも違って自分がそこを通っているのを人が絶えず感じて行き来する道というものでそれが頭に描く観念に止らなくて眼の前にあることは更に豊かに道というものの観念に人を誘った。併しそういう具合に道に向っている店、道端の店を作るにはその構造も位置も考えなければならない。昔は道があってそこに人間が住む場所が出来て又殖えて行き、或は人間が住む場所があってその前に道が作られてどこか人間が住む他の場所まで続いて人間と道、又道端の関係は自然に生じてそのことで頭を悩ますことはなかった。併し今は地下にも地面から何十尺もの高さにも人間がいる。そういう新式の高層住宅を昇降機で降りて入り口から道に出ても必ずしも道の感じがするとは限らない。併しそれでも人間は主にどこかの道を通って行き来してその一つでもが閊《つか》えるならば騒ぎになる。別に道に風情や生命がなくなったのでなくてそこを通る人間がそういうことに背を向けているまでのことである。併しそのカフェを建てた人間は道端の感覚を失っていなかった。

野本が一本のビールで余り長くそこにいるので、それとも単に野本が新顔であるのに興味を持ったのかそこの主人としか思えない男が野本がいる卓子まで挨拶に来た。よく郵便局前の酒屋で見掛けるということだったからこれは村の人間だった。

「全く申し分がないお店ですね、」と野本はこれまで考えていたことを言わずにいられなかった。

「自分の居間が店になったらと前から思っていてね、」と相手が言った。「或は土間でもいい。それが土間でも居間でも近所の百姓さん達が来る。」その話からすればこれは村の地主の一人かも知れなかった。尤もその村には借地というものがないようで土地を持っているのが地主ならば誰もが地主であることになった。野本はフランスでカフェの主人のこともPatronと言うのを思い出した。それならばこれはこのカフェのPatronでそれ以上の詮索は不必要だった。

「前からここにあった感じですね、」と野本は又言った。「併し昨年はまだなかった。」「決心が付かなかったんですよ、」と相手が言った。「或る程度以上の年になると何か始めるのにそれを始める前と何の違いもないことの見通しが立たないと動く気になれないものです。」そうすると相手は野本と同じ位の中年ということになった。「併しこれならばこの店をやっていなかった時と大して違いはない。いや、何の違いもない。」そう言って相手は満足げだった。

野本は自分が借りている家にいて窓の色ガラスを眺めているのとそのカフェにいてそこの卓子に肘を突いていることの間に何の違いもないことにその時になって気が付いた。或はその違いは自明のことだからで自明であることが普通であれば野本はそのカフェでもいつもの野本でいられた。もし違いがあるとすれば野本の住居では居間から表に廻って道に出るのに対してここは窓の外を道が通って向うで消えていることでそれが大きな違いと言えば言えた。それが昔の街道筋を行く街道だった。そこに並ぶ旅籠や茶店にいるもの、又そこに旅行の途中で寄るものとともに経過する時間のうちにそこを行く道はいつもあってそれはただそれを通ってどこかへ行く為のものでなくてそこにあった。もし曽ての宿場というものがそれが面している街道であるならば今はという考えから野本は人間にとってその住居の他にそれを繋ぐ道というものがいつもあることに思い当った。寧ろ住む所がなくても道端や橋の下で人間はどうにかに暮しを立てることさえ出来るが住居があって道がなければ牢獄になる。それ故に道は住居以上に親みが持てるものでまだ銀座に燕《つばめ》が巣を作っている頃は曇った日には燕が空気を重く感じて路面と擦れ擦れに低く飛んだ。或は天候というものを一番よく感じるのも道を歩いている時で晴れていても曇っていてもその空は自然のものでその下で人間が作って人間が行き来する道にいることで自然の一部であって、それだけでない人間である自分を見出す。それ故に月も冴えて光るのである。

「この外の道が実によく取り入れてある、」と野本は言った。

「この卓子からだとそれが解るんです、」とPatronが言った。「初めからその積りでいたのかどうか、それは兎に角この店はここを通る人達を狙っているんですから道端の店の考えはあった。」「昔ならば駅立ての馬車が止って客がぞろぞろ降りて来るという所ですか。」野本には外国のことは解らないのですがと言わないのが素直に受け取れて、「駕籠でもいいでしょう、」と言った。「或は膝栗毛でも。尤もそう言えば英国の街道でこういう一軒家の店があるのを見たことがある。」

「もっと看板に凝ろうかとも思ったんですよ、」と野本が言ったことの意味を察した様子で相手が答えた。「併しこの村を西洋にしに掛った所で仕方がないでしょう。この家具は、――」

「日本のものですよ、」と野本は木に皮を張った岩乗な椅子の肘に手を置いて言った。

「この位にもとは西洋のだった家具が日本のものにならなければ使い甲斐がない。」

「ここに来る人達の話じゃここは落ち着くそうだからその程度には日本のものになってるのかも知れない、」と相手が言って笑った。その店にいると落ち着いた。併しそれはそこを出れば落ち着かなくなることでなくて店の外の道を村の方に歩いて行けばそこに村が、そしてやがては野本が借りている家があった。そのことを感じて野本はそこを直ぐ出ることもない気がして改めて相手を見た。それがどういうことはない中年の男の顔なのが下らないということと違っていた。もしただの人間というものが考えられるならばそういう人間もいる筈であってそれは目立ちもしなければ下らないという観念から遠いものでもあるものでなければならない。そのような人間の一人が野本の前にいた。それは人生の経験に乏しいということでも頭の働きが鈍いということでもなくて人間になくてはならないものが凡て備わっていればそれはただの人間である。野本はまだその店にいたくなってカフェならば食事も出来るのが普通だった。

「ここで出す料理にも工夫を凝らす積りでいたんですよ、」とその時刻が二人に共通のことを考えさせたように言った。「例えば握り飯に山菜の味噌汁とか。併しこういう店がどの程度にか既に日本のものになっていればそこでそんなものを出すのは却って可笑しいでしょう。そういうのは自分の家で作るもんです。それでこういう風な、」と相手は献立てを開いて野本に見せた。

「バゲットにバタにハム、」と野本は言った。「それからやはりビールですか、フランスと日本とどっちがビールが旨いかは別として。」

「気候の問題でしょうからね、」と相手が言って給仕の代りに野本の注文を通しに行った。佐久の鯉やゲッツの製品を売る村ならばどこか麓の町にあるパン屋で焼かせたバゲットと良質のバタと群馬県辺りのハムがあっても可笑しくなかった。それも要するにただのパンとバタとハムでまずくないに違いないから極く普通のもので普通に食欲を唆《そそ》り、それを思って野本は又店の前の道を眺めた。

どこまでも続く道というものはない。又どこにも着かない道というものもなくてこうしてこれが人間の世界の各所を結び付けている。併しどこかに着いてそこが見えて来るのもそこまでの途中を過ぎて行くのも道で起ることでこれ以上に何の為に何をするという観念を打ち破るものはない。或る目的があってすることの中に道を通って行くことが入っていてもその為にその道があるのでなくてそこを通る他のものには他の目的があり、そうして生じる人の行き来という目的とは言えないものが道の真髄をなしていて道があるから道端の観念も成立する。野本は刻々ということを考えた。それは目的があってもなくても時間はたって行ってどこに着く積りでなくて道を歩いている時に道というものが本当に道らしくなるという意味でだった。これは目的の為の手段でなくてそこに確実にあるものだった。それ故に絵にもなり、又それ以上にそこにあるだけで人の心を温めた。そこを行けばどこか人間がいる所に着くからでなくてそれが人間が行き来する場所だからである。

それで道端ならばその前の道が始終見ていられる。所謂、大道商人ならばそれが暮しを立てる場所でもあって野本は市場よりも先に道が発達してそのうちに市場の為に道を広げたのだろうと思った。その市場で売るものを運んで人が道を急いで行く。併し急いでいるのであるよりも足に力が入るのでその人間の頭には既に市場の活況があり、それと同時に沿道の眺めも眼に入ってその人間はその瞬間毎にそこにいる。その充実を許すものも道であって充実も悲哀も凡ては道の方にも加えられて道も年月とともにその道らしくなる。それは歴史に就ての知識以上に的確にそうなるのでこれが曽てのアピア街道であると教えられた所で別に感懐は湧いて来ない。そうした歴史に就ての知識と歴史は違って歴史も一本の道とともに形成されて行くものである。そうなれば道と道端の区別はなくて人が行き来するのもこれを送り迎えするのが一つの動きと認められることで人生とか世界とか呼ばれるものがそこにあることになる。

一本の道が眼の前にあるだけで道端にいる感じになるとは限らないならば問題はその距離にあるのでなければならない。もし直ぐ前が道ならばただの平地と取れないこともなくてその幅が向うの家並その他で区切られてその幅のものが更に向うまで続いていることが解って始めて道端になることになる。野本はカフェが道との間に駐車場の距離を置いて道がゆっくり曲って向うで緩い坂を登り詰めている所まで眺められる具合に見る毎に魅せられた。それが何でもないものであるのはカフェの主人と同じでそこに一つでも加えられるものがあればそれだけ余計だった。ただそこにあるものという観念がその時野本の頭の中で道に代った。或はそこを通っている道がその観念の足場を作って今まで自分は何を考えていたのだろうという気が野本はして来た。或る一つの結論に達したくて考えるのでなくて考えが確かに進められて行くことを保証してゆっくりした傾斜の坂道があり、それが見える窓があって確かであることが凡てなので結論は道の行く先のようなものだった。

カフェの主人が自分で野本が注文したものを盆に載せて持って来てそれが二人分なのは自分も一緒に食事をする積りであるということだった。それが普通のことでないならばそういう普通があってもよかった。もし郵便局前の酒屋で会えば二人はそうした筈で相手が主人である店でそれをすれば相手が二重に主人役だった。

「先ず一杯」とその相手が言って野本のコップにビールを注いだ。野本はバタを塗ったバゲットにハムを載せた味で偶《たま》にパリに行く時に寄るカフェを思い出した。そこも道に向っていて人が絶えず行き来し、それが野本がホテルでフランス式の朝の食事をするのを嫌っての時刻だったから出勤の人通りがそれだけ繁《しげ》かった。そのカフェでも野本は外を見ているのに飽きなかった。今見ているのはパリの大通りでなくてその偶に車が擦れ違う山の道だったが道の魅力は同じで口の中にあるのがビールでもパンとバタの匂いがするパンとバタでもその味と窓からの眺めでパリがそう遠い所でない感じだった。併しそんなことを言い始めれば外国の土産話になる。

「ここにいると世間から逃げて来たのでなくて世間の方でさっさと逃げて行ってくれる形になるからいいですよ、」と野本は言った。

「それはいつもいる場所を離れればそうでしょうけれど同じ場所にいつもいても世間というのはあの道のようなものでどこがどうなっているか解らないものじゃないでしょう、」と相手が言った。「やはり道は付いている。」

「そうなんですよ、」と野本は言った。「ここに世間がない訳じゃない。併し余り来ることがない道に入って行くのもどこかに来ている感じがするものです。それも全く見当が付かないのじゃ困るから毎年ここに来るのが丁度いいんです。」

「外国は金が掛りますからね、」と相手がこともなげに言った。「尤もそれが金の問題だけになったからいけないんじゃないでしょうか。ただ金さえ出せば行けるから外国もどこも同じに見えて来る。」

「それが同じだっていうことに徹すればいいでしょう、」と野本は言った。「それで同じ場所にいてもいいし、もし他所《よそ》に行けばそこの味が解る。」

「そう、世界は広いですからね」と相手が言った。「それに夢にヘブリデス諸島を見るということもある。」野本には外国文学といえるような言葉を使う人間の気が知れなくなった。それに相当するものは実在しなくて、もしすればそれは日本の学校で日本人が唱えるものである。それで、「読めばそれがそこにありますよね、」と言った。

「併しその世界にも道が付いているのだろうか。」

「道っていうのは人間が体を使って暮しているからあるんですよ、」と相手が言った。

「それだから世間にしたって道は付いている。併し木蔭で考えまでが緑になるような状況で道なんてものが必要でしょうか。」

「そうするとそれが論理になる、」と野本は言って笑った。それは自分が論理というような言葉を使うのが可笑しいからだった。併しそれを相手は真面目に受け取って、

「そうなんですよ、」と言った。「それでそっちの方にばかりいると人間が行き来する道、人間が道を行き来する世界が欲しくなるんでしょう。或はその世界のことがしっ

かり頭にないと論理の方が妙なことになる。」

論理に就て考えるのは人間の勝手だった。ただ危険に遊ぶことに馴れてそれが危険であることを忘れることがあるのが難であるだけでそれを忘れるならば夜道を石ころを除けながら歩いていても自分が考えていることが通ると思ったりする。併し夜道というのは夜道というものでそれで向うに明りが差しているのが見えれば生き返った感じになり、それまでの暗闇が絵巻をなすこともある。もし暗闇を暗闇と認めなければそこに絵巻も生じない。又昼間の道に木の枝の影が斜に落ちて来ているのはその通りに見る他ないものでそれが見えれば光というのが美しいものになる。野本はカフェの主人が体を使って暮すという言い方をしたのに興味を持った。その中には眼も鼻も、要するに五感も入り、そして手足を動かすということも当然あってそれを用いての暮しが人間のどれだけの部分を占めているかは別としてそれが人間になくてならないものであることは体が知っているということから野本は又店の向うの道に戻って来た。今は山の天気も漸く定ったようで道に日が差していた。そこの山に囲まれた地形では天気はいつどう変るか解らなかったが道に差している光と影の対照で先ずその日は晴れということになりそうだった。野本は店を出て自分がいる所に引き返す途中のことを思ってその店にも日が今は差していることに気が付いた。

巻末エッセイ

金沢でのこと

観世栄夫

今年も桜が咲き始めたが、金沢に行かず仕舞いだった。吉田先生のお元気な頃は、毎年二月の金沢行が楽しみで、前の年の暮頃から、そわそわしたものだった。

この金沢行というのは、河上徹太郎と吉田健一両先生が、年に一度、もろもろのわずらわしさから解放されておいしいお酒を求め、うまいものを味わうことだけが目的の旅をなさっていたのに、辻留の若主人の雛留君と僕が、お供をすることになり、十何年の間、毎年二月の下旬に、金沢——灘という旅につれて行っていただくことになったのである。

お供と言っても細かい旅のスケジュール、——何時何分に、東海道線「能登」に乗り、何分に金沢につき、そして昼はどこで何、夜はどこどこへとまことに、密なメモから、乗車券、特急券まで、全部吉田先生がご自分で手配し、整えて下さるので、僕と雛留君は、弥次喜多同然に、お二人の先生の飲まれ、召しあがるお相手をしていればよいわけで、まことに何とも楽しい旅であった。

始めてお供をしたのは、未だ新幹線の開通する以前のことで、昭和三十六年のことだったと思う。夜八時過ぎに出る「能登」の寝台に乗るべく東京駅の八重洲口構内のレストランで待ち合わせるのである。お供の僕はお約束の時間より早めに行くと、もううすぐらい片隅のテーブルで、ビールを上がっておられた吉田先生が手を振られる。続いて河上先生が、黒い帽子、黒の外套で入口を這入って来られ、ちょっと手をあげられると吉田先生は、椅子から立って礼儀正しく迎えられる。そしてビールをあけていると、雛留君が、仕事を終えて——いや早めに切り上げて抜け出してかけつけて来る。そこで吉田先生が、小学校の生徒にくばるように、乗車券、寝台券を全員に手渡され、汽車に乗る。

全員、自分の寝台を確認し、待合の椅子に集まる。列車が、ガタンと発車するのをシオに吉田先生が「河上さん、シェリーは」と言ってさされると、そこから、酒宴が始まる。特急と言っても、新幹線ほど速くない車が、横浜を過ぎ、大磯を通る頃には、吉田先生のあの有名な笑い声が、大きく車内に響く。雛留君も負けじと大きな笑い声を立てる。熱海を過ぎた頃には、夜も大分ふけ、車掌が、何か言いたそうな顔をして、チラリチラリとこっちの方を見ながら行ったり来たりするので、「それではそろ〳〵」と我等弥次喜多が申し上げると、吉田先生は、ちょっとさびしそうな顔をされるが、それぞれ寝台へ引きとる。

翌朝、目が覚めると汽車は米原の手前あたりで、伊吹山に白く雪がつもっている。寝台をたたんで、四人で席へつく。汽車は敦賀へつく。吉田先生が「河上さんビールは?」と口にされる。河上先生はだまってうなずかれる。我等は立って、ビールを買いに駅に降りる。プラットホームにはチラチラ雪が舞っていた。二人でビールをかかえて席へもどる。窓の外の雪を眺めながらビールを……。静かな朝のビールである。

かれこれしているうちに汽車は金沢につく。十時を少し過ぎた頃であろうか。駅のところどころに残った雪が朝の光にまぶしい。駅には、神保さんご夫妻が迎えに来てくださっている。神保さんは、吉田先生が先年来られた時からのお知合で、県のお仕事をされているのだが、我々の旅の金沢でのすべてをアレンジして下さり、又こまかい事まで、気をつかってお世話して下さる。河上、吉田両先生を、心から尊敬しておられた。この神保さんも、十年前に亡くなられた。なお奥様は、金沢文学館の館長であられる。——その神保さんのご案内で、宿「つば甚」へ。犀川《さいがわ》の見える河上先生の眺めのいい部屋へ集まり、まず一杯ということになる。ふぐの糠漬け、あまえび、かになど東京では味わえぬ味に舌つづみを打つ。その上にこの家のご主人の母上の手づくりの、野鳥の肝の塩漬けが出た。これはまた何とも言えず、まったりとした味であった。

美しい景色の静かな部屋で、おいしいお酒でゆったりとしたいところだが、続きは夜にということで、出発。うす日のさす中を、小雪か、風花か、チラチラとしている。車は兼六公園のあたりを通り、いかにも、城下町といった町並みを、大友楼のご主人のお邸へ。落ちついた風情の、つつましやかな、門を開き二階へ。朱塗に漆をかけたという壁が、奥行のある、しずかな美しさをたたえる——たたえるとしか言いようのない落ちついた美しさがそこにある。

ご主人の大友老の心づくしのお料理が、美しい器にもられて出て来る。どれも、このお座敷にふさわしい、ゆかしいお料理だが、柚子の実をくりぬいて、もち米をつめてつくられたという、柚べし、くるみをすりつぶしてつくられた、くるみ餅が忘れられない。吉田先生はことに、このくるみ餅が、お気に入ったか、「ふん、——こいつはすげえ――」と、くり返し声を上げ、あの大きい目を、しばたたき、ぐっとひらいて、その味を、たのしみたしかめておられた。

……金沢には胡桃餅と称して胡桃を丹念に摺り潰したのを蒸した料理があり、それが魚でも鳥でも特殊な作り方をした本当の餅でもなくて胡桃であることはその芳香と歯触りにも拘らず教へられなければ解らないが、その晩どれもが名器であることが疑へないものに盛られてゐたのはその一つ一つが胡桃餅に劣らず、そして又それと同じ出来栄えで得体が知れないもので内山は酒と肴とどつちに酔つてゐるのか判断に迷つた。……『金沢』より

大友老のとつとつと語られるお料理の話、古美術の話を聞きながら、宴はすすみ、骨酒となる。九谷の大鉢に鯛の焼いたのを盛り、熱した酒をなみなみとつぎ、これに火を附けて燃し、それをほぐして飲むのである。九谷の鉢に鯛の豪華な美しさが映えて、何とも言えぬ風情である。

先ず河上先生が、長い箸で、鯛の身をほぐし、大鉢を両手に持って、おもむろに口

をつけられる。そして吉田先生へ。先生は、「ふん――」とその香をかがれると、ぐい〳〵と飲まれ、「うめえ――」と、おっしゃってその味をたしかめられるように、目を閉じられ、又大きくあけて「海を飲んでいるようだ……」とおっしゃって僕へ杯を廻される。僕も大杯を承けてぐっと飲む。まことに海を飲んでいるような気がする。ちょっとふぐのヒレ酒に似た味わいであるが、ふぐのそれよりは、ほんのりとした、こくがあり、飲んでいる自分も、豪華な気分になる。雛留君に廻り、ご主人から、又、河上先生へ。こうして、一巡し二巡し、二升あまりのお酒を、まわしのみしたことになるが、アルコールが熱で発散しているせいか、ほどよい酔いとなる。

たのしいひとときが過ぎ、大友家を辞して、福光屋の工場へ。新酒の匂いがただよっている酒蔵で、大きな樽を前に、きき酒をする。きき酒と言ったって、僕はきき分けるべき舌を持っていないのだが、さわやかな風味が、蔵の中のひやっとした空気になじんで、おいしかった。それから「ごりや」へ――浅野川のほとりのこの家で、ごりの洗い、ごりの唐揚と、あの小さなごりに似ずコクがあって、それで、しつこくなく、おいしかった。そしてここでは、岩魚の骨酒が出た。やはり九谷の大杯に焼いた岩魚が盛られて来るのであるが、鯛の豪華さに比べ、優しく、ゆかしい味がある。河上先生が、大杯を取り上げると、襖をへだてた隣りの座敷から、美しい笛の音がきこえて来た。長い、美しい調べは、杯が廻る間、続いていた。静かに、杯が廻り、骨酒を皆充分に楽しんだ。七十を越す老妓の奏でる笛が、骨酒を、金沢の夜をいっそう美しいものにした。

朝からの酔いが、うまくまわって一同で、香林坊近くの、クラブへ繰り出す。ここには両先生のおなじみの、バンドの指揮者がいるのだ。皆、多少千鳥足で、小雪のちらつく町を歩く。吉田先生は、ワグナーのメロディを小声で、口ずさんでおられた。古風なそのクラブの、古風なその楽団の演奏を聴き、適当な酔いが、夜をいっそう楽しくする。と河上先生の「お勘定！」という声がひびく。これが、引上げの合図で、皆腰を上げ、宿にもどる。

翌朝、八時頃に目覚め、犀川の見えるお風呂に行くと、吉田先生がおられた。朝日の差し込む、湯舟につかりながら、先生は、またワグナーを口ずさんでおられた。

風呂から上がって、河上先生のお部屋で朝食、ギネスとビールを混ぜて飲む。一口のおいしいこと。皆、昨日の酔いも忘れて、朝食がすすむ。能登で獲れる岩海苔がおいしい。

食後一休みして、内灘へ。米軍の射撃場のあった海岸だが、今はひっそりと静かな村である。その内灘の赤座さんのお邸である。戦争中に建てられたとのことだが、まことに数奇をこらした造りである。ことに群青の壁は美事であった。出て来るお料理も建物以上に凝ったものだった。うなぎも、ご自分の庭続きの入江から獲れたものだそうだし、何とかいうしぎもご自分のところのものがじぶ煮に、――これがみな何ともおいしかった――おみそ汁の白味噌も手製なら、鮒の小糠漬けも、蕪ずしも、長い月日をかけて、造られたものである。その上、お酒も、灘の菊正と数種の地酒を、ご主人が、ご自分でブレンドされた、あたりの柔らかなものだった。静かなお庭を見ながらのくつろいだひとときだった。

そこを辞して、又市内へもどり、日栄の醸造元へ行く。朝仕込みのすんだ酒蔵は、すがすがしい、酒の香がただよっていた。ここでもしぼり立ての新酒をいただく。取り立ての、くだもののような、新鮮なそして清らかな味がする。朝からのお酒がほどよくまわって、吉田先生のお声が、蔵にひびき渡る。

そしてご主人中村氏の犀川の畔の崖の上の別邸に行く。門から石段を登って行く。右左は苔が所々に残る、雪の白さに一際はえて美しい。

数奇屋造りの閑かなお座敷に通される。知らないうちに鏡花の作品の中にいるような不思議な気になる。障子をあけると、目の下に犀川が静かに流れている。ここでは鴨のじぶ煮が出たが、これもまた何とも言えぬ美味である。宋の均窯小鉢に盛られて、くちこが出たが、その均窯の、淡くとろっとした美しさに、皆思わず息をのむ思いだった。吉田先生は、よほどお気に召したと見えて、「こいつはすげえ、ムム……ご主人、これ、いただけませんか」としきりにおっしゃった。ご主人は、何ともおっしゃらず笑っておいでだったが、先生はよほどお気に召したと見え、数年後にうかがった時には、新しく出来た中村美術館の、メインのケースに納っていたが、先生は、その時も、「僕が持って行くと思って鍵をかけてしまった」と、ご主人にくり返しおっしゃっていた。また古九谷の群青の美しい鉢も美しかった。また大そうきれいな皮の、よい小鼓を拝見させていただいたので、鼓を打ち、「井筒」の一節を謡った。まことによい調子のお道具だった。

……或る日、内山が支那の墨が見たいと言つたのを骨董屋が幾種類か持つて来て内山がその中から一つ選んだ後で骨董屋が同じ風呂敷の包みからさういふことによく使はれる黄色い布に包んだ箱を出してその中の和紙で幾重にも包んだものから紙を取つて内山の前に置くと、「これは如何です、」と言つた。それが宋の青磁であることは内山にも解つた。そして青磁と言つてもその色がその名器毎に違つてゐると思つた方がいいことも知つてゐたが、その湯呑みを少し大きくした位の形の器は淡水が深くなつてゐる所の翡翠の色をしてゐて寧ろさういふ水溜りがそこにある感じだつた。それを手に取つて見るとその底に紅が浮んでゐた。さうとでも言ふ他なくて、それはその紅に水を染めるものが底に沈んでゐるのでもよかつたが何かがそこにあつてその辺が黒に近い緑色でなくて紫に類する紅になつてゐることは確かだつた。どうしてそのやうに黒ずんだ色調のものが合さつてそれ程に明るいものに見えるのか。内山は自分が手に持つてゐるのが青磁の碗とは思へなかつた。併し重みがあるから土を焼いた碗であつてその形式と約束でそこに別天地があつた。内山はこれには何を入れたらいいのだらうと考へ始めた。もしそれに何か盛るならば紅が消えてそれが抹茶を注ぐのでも同じことだつた。

……もう冬でその碗は明るいのみならず温かな思ひに人を誘ふものだつた。それは寒い晩に炉に火が燃えてゐるのや暗い道の向うに店が一軒まだ開いてゐるのと別なものでなくてそれが自分の手の中にあるのが奇蹟を日常の出来事の領分まで持つて来ることで日常の出来事に鳴りを静めさせた。内山が金沢のその家に来てから何かと骨董屋の世話になつてゐるのを骨董屋の方では形式的にでも逆の意味にとつてそれでその青磁を見せてくれる気を起したのだらうか。さういふものを買はないことが初めから解つてゐればただ持つて来るのは不親切ではない。

「こんなものはまだ見たことがない、」と内山は言つて碗を骨董屋に返した。それでよかつたらしくて骨董屋はそれを又紙で包み、箱に戻して箱を布で包んで他のものと一緒に風呂敷に包み直して帰つて行つた。さうすると内山は今度はその青磁を見たことが信じ難くなつて来た。それを信じないのではなくて確かに自分の眼で見たのだつたからそのことは動かせなかつたがその記憶からそれを実際にあつたことと考へるのがどこか世間離れしたことになつて来たのである。その碗の底から紅が浮び上つてゐる具合が余りにも鮮かだつた。どうかすると夕日が雲をさういふ色に染めることがあつて、ただそれは忽ち消えるのに対して碗にはそれがいつもあつた。さういふ奇蹟はそれがあつたこと、或はそれが眼の前にあることを信じる他ない。併しそれでは日が差してゐて翳り、その加減でそれまで翡翠の深い色だつた水がも

との青に戻る方が不自然なのか。……『金沢』より

この美しいお座敷で、時の移るのも忘れて過ごした。夜もふけ、河上先生の「お勘定!」が出て、おひらきになった。空気の澄んだ金沢の町で、このまま寝るのも、ものたりないので、東の待合へ行く。京都の町のような、落ち着いたたたずまいを持つ屋並みである。芸妓も皆たしかな芸を持った、粒ぞろいである。当地の、お座敷唄などを聴き、十一時過ぎに、「つば甚」へ、吉田先生は、大分よいご機嫌で千鳥足で、夜の金沢を楽しまれる。

翌朝目覚めると、雛ちゃんは、骨酒のためか、血を吐いたとか。心配していると、吉田先生はそれを聞かれて、「お酒って、のみ過ぎたと思ったら吐けばいいんです。血を吐いたあとのお酒って、いい気持なもんですよ」と、どうもご自分も、吐かれたようで、あたり前のような顔をされて、ビールを上がっていた。それを見て雛留君も元気になった。

そして鶴来《つるぎ》へ。鶴来とは、金沢市から白山の麓の方へ行ったところのようだが、山合を清流がいさぎよく流れ、そのあたりで獲れる、鳥獣、川魚、山菜をおいしく料理

して呉れる、和田屋——土地の人はワタヤとにごらずに言う、——へ。今日は萬歳楽《まんざいらく》のご招待である。この萬歳楽というお酒は、キリッとした口当りの、これも忘れられない銘酒である。そして、もう目の前に山のせまった、この家の、囲炉裏を前に、お茶をいただき、お風呂に這入り、腰を落ちつけて、飲み出す。この家の主人の、一見かたくなそうな老人が造り出す、岩魚がおいしく、そして、熊のおさしみ、狸の煮物、むじな、山菜のおひたし、煮付け、いずれも味わいふかい。熊のさしみ、むじなは、考えるよりずっとさっぱりしていておいしい。何よりも獲れた現場でそれを食べるおいしさ、それも冬の脂が乗って一番うまい時季でもある。その他、時々に、獲れた物を調理してくれ、思いもかけず、おいしいものにぶつかる。市内よりずっと雪の深い景色を眺めつつしずかに飲んでいると、いつまでも飲んでいられるような気がして来る。飲み、食べながら、明日は、京都へ行く途中に、近江の長浜で、雪を見ながら、鴨をつっつこうという話になる。このように、この私達の旅は、灘で終るまで、酒が途切れることなく、そして閑《しず》かに続く。そして、それは十五年以上毎年続いた。あるときは「ごりや」が、金城楼の、朱塗の壁の部屋になったりするが……。私などは、東京へ帰れば、楽しい思いだけが残り、細かい事はすべて忘れてしまうのだが、吉田先生は、この旅の事柄を、いつのまにか『金沢』という、作品にしてしまって不思議な光を放つ。「骨酒」も、「宋の均窯」も、犀川べりの、お邸も、鶴来の和田屋も、まるで水墨の名画でも見るように美事に作品におさまっている。そしてつい亡くなる、二年程前にお供したとき、「つば甚」のお部屋で突然、大きな声で「いけねえ。月が向こうに出りあ、川は、反対に流れなくっちゃあ!……いいんだいいんだ。そんなことは、どうでもいいんだ、夢の中だもんねえ栄夫さん」と、おとぼけとも言いわけともとれるように、大きな声でおっしゃった。

（一九八〇年五月）

（かんぜ・ひでお　能楽師）

解説　胃袋は笑い、夢を見る

長谷川郁夫

昨年の秋、『吉田健一』(新潮社)を上梓した。それに因んで東京堂書店で小さな講演会が開かれたが、私はそこで神保町のビヤホール・ランチョンで編集者たちに囲まれて酒杯を重ねる吉田さんの姿を思い出しながら、「若い人がおしゃれに酒を楽しむ参考にしてほしい」などと発言したらしい。らしいというのは記憶が不確かだからだが、ある新聞がコラムのレポート記事でそう伝えていた。とんでもないことを口走ったものだと反省する。吉田さんがダンディであったのはたしかなものの、その飲みっぷりまで真似してはとても体がもたない。

吉田さんには戦後九年目の夏、ビール・キングのコンテストに出場して鯨飲、帰りに立ち寄ったバーでウィスキーを一本、家に着いてブランデーを半瓶あけ、翌朝吐血したというかがやかしい戦歴がある。旅に出れば、汽車に乗り込むとすぐに、大量に持ち込んだビールやシェリイを飲みはじめ、それがなくなると途中の停車駅のホームで生ビールを買って凌いだ。目的地に到着しても酔心地がそのままずっとつづいてくれるのを願ったという。吉田さんの胃袋におさまった酒の総量に関しては想像も及ばない。

＊

吉田さんは大酒家として知られた。とはいっても、酒浸りの日々を送った訳ではない。若き修業時代はともかく、後半生は週に一日、曜日を決めて昼は神田・神保町、夜は銀座に出て、その日は徹底的に飲んだ。来客のある日のほかは、家ではめったに酒杯を口にしない。原稿の締切りに追われていたからだろうが、この態度にあえてストイックという語を当ててもよいと思う。ただし、年に数回、旅に出かけた日々を別にして、と記さなくてはならない。

多くの詩人や小説家の例に洩れず、吉田さんもまた旅する文士だった。とはいっても、放浪型の旅人であった訳ではない。例年二回、晩秋は新潟、酒田方面、早春には金沢から京都、大阪ときに灘へと、おもな行き先は決まっていた。仕事の日程を無理やり調整して出かけるのである。本書のなかにも繰り返し記されるように、吉田さんにとって旅は「日常性からの解放」だった。だから、机に向かっていても、旅することを夢想する。あるときは金沢へ、と。――

……汽車で着いて半日でも、一日でも、着いた時のままで飲み続けたいと思うのだが、それにしては金沢では、行きたい所が多すぎる。その日は昼の食事に大友楼の大友さんの所へ行った。そこでどんな御馳走が出たかは別として、もうこうなれば完全に旅行をしている気分になり、原稿も締切りもあったものではない。御馳走を食べては、又どこかに行って御馳走を食べて、いつの間にか夜なのだから、――旅行がしたい。

（「旅」）

旅先に仕事は持ち込まない。観光はしない。目的をもつのは無理な努力を強いることだからである。吉田さん流〝旅の哲学〟は「或る田舎町の魅力」に集約されているといえるだろう。見事な一篇である。旅はひたすら時間の流れに浸って自由な気分を満喫することであり、つまりは生きる喜びそのものであった。

と記して、思う。どの都市も川が流れる町であり、酒の旨い所であった、と。「実際に渡った回数では、勝鬨橋よりも新潟の萬代橋の方が既に多くなっている。大阪では、何という橋だか聞いたことがないが、朝日本社の前にある橋に立って、川の水が流れて行くのを眺めていることがよくある」などとある。また「水の味が地方によって違うのが解るのも、旅をしていれば余計なことで頭が一杯になっていないからではないだろうか」（「人間らしい生活」）とも。酒飲みが水の味に敏感なのは当然のことだが、川は、「時間」という吉田文学の本質的テーマを表徴するものだった。

吉田さんの旅行好きには、乗り物に乗る楽しみがあったことも思い合わされる。外交官の子息として少年時代を上海、パリ、ロンドンなど海外で過ごした時期もある（——いずれも大河の流れる都会である）。何度、日本郵船の客船に乗ったことだろうか。船の思い出を語るときはいつも目を細めて上機嫌だった。晩年は毎年、飛行機でヨーロッパに飛んで、ローマにいる息子とパリに留学中の娘と会い、ロンドンの友人たちとの再会を楽しんだ。やはり大いなる旅人であったというべきなのかも知れない。吉田さんの紀行随筆には、海の匂い、川の匂いが懐しいもののように感じられるのである。

＊

『あま・カラ』昭和二十七年十一月・二十八年一月号に発表された「満腹感」が吉田さんが綴った最初の食味随筆とされる。これは戦時のみじめな食体験を具体的に、しかしいくらかの誇張をまじえて記したユーモア感覚溢れる一篇だった。

吉田さんは健啖家で、戦前、若い頃は仲間うちから食いしん坊と揶揄《からか》われ、ときには疎んじられることもあったという（——晩年は意外に感じられるほど小食だった）。戦後も七、八年経つとようやく食糧難の時代を脱し、世相に明るい兆しが生じていたのだろう、『あま・カラ』などの食通雑誌が創刊された。吉田さんは『あま・カラ』、また『旅』の常連執筆者となり、その他の新聞や雑誌にも酒の話、旅の話をいくつも寄稿した。やがて『文藝春秋』の企画で全国各地を廻って、食べ歩きの随筆「舌鼓ところどころ」を連載する。それが一冊にまとめられたのは昭和三十三年のこと。その頃には小島政二郎『食いしん坊』や獅子文六『飲み・食い・書く』などがあらわれ、作家による食味随筆が読書界を賑わしていた。いうまでもなく『舌鼓ところどころ』もまた、好著として評判を呼んだ。グルマン・吉田健一の名がひろく一般読者の間に知れ渡った。上海での中国料理、パリ、ロンドンでの洋食、おでん、スイトンから全国の珍味佳肴まで、どれほどの食べものが吉田さんの食道を通過して胃袋に送り込まれたことか！

『舌鼓ところどころ』が出版されるまでの吉田健一とは、――『英国の文学』『シェイクスピア』の英文学者であり、『乞食王子』『三文紳士』のユーモア随筆家であり、『東西文学論』の文藝評論家だった。翻訳家として旺盛な仕事ぶりを示していたが、ポー、ヴァレリー、ラフォルグの篤実な訳者であることは、一部の識者に知られるに過ぎなかった。昭和三十二年になって、文明論集『日本について』が新潮文学賞を受賞、最初の短篇集『酒宴』がまとめられる。吉田健一は典型的な晩成型の文士であったが、それにしてもこの時点で、のち四十四年からの八年間に『ヨオロッパの世紀末』『金沢』『時間』などいくつもの大輪の花を咲かせた、現代文学の異色ある巨匠になろうとは誰れにも予測できなかった。『舌鼓ところどころ』がその大事な結節点に位置したことは疑いない。火山活動を連想させる晩年の噴出期に入ると同時に、吉田さんは読売新聞に「私の食物誌」を連載して、自らの創作の原点を再確認するのである。

批評、随筆、小説といっても、吉田さんにはそうしたジャンルの違いなど問題になるものではなかった。吉田さんにとって重要なのはただ一つ、言葉。文学が言葉だけで築かれた世界であることを読者に確認させ、文章のはたらきを存分に感得させた。仕掛けは笑いと幻想性。それが吉田文学の原点、あるいは特質というべきものだが、どちらも旅と酒、食が養分となって育まれたものだった。

旅するこころはいつも華やぐ。幻想の入り口に立つからだろう。なぜ毎年、おなじ場所を訪れたのか。吉田さんの旅は未知なるものの発見ではなかった。朝に夕に馴染んだ光を浴びて、明るい幻想にとっぷり浸る。旅することは、ふたたび生きること。飲食するのは愛すること、美を感じることであったのは、名篇『金沢』を繙けば判然とする。精神の貴族？　いや、天晴れな蕩児の貫禄であったと記すべきだろう。

（はせがわ・いくお　評論家）

初出一覧〔集英社版著作集・解題による〕

旅（『随筆サンケイ』一九六〇年五月）／金沢（未詳、一九六二年一二月）／金沢、又（未詳、一九六六年四月）／金沢、又々（『暮しの手帖』一九七〇年一二月号）／道草（『旅』一九六二年七月号）／汽車の乗り方（『オール讀物』一九五七年一〇月号）／超特急（『旅』一九六四年一一月号）／或る田舎町の魅力（『旅』一九五四年八月号）／姫路から博多まで（『旅』一九五六年三月号）／呉の町（未詳、一九六三年三月）／沿線の眺め（未詳）／酒を道連れに旅をした話（『旅』一九五一年四月号）／旅の道連れは金に限るという話（『文藝春秋冬の増刊・炉辺読本』一九五一年一二月号）／酒は旅の代用にならないという話（『旅』一九五二年九月号）／羽越瓶子行（『旅』一九五五年九月号）／酔旅（『東京新聞』一九五六年五月一二～一三日）／東北の食べもの（『旅』一九五九年九月号）／旅と味覚（未詳）／旅と食べもの（『あまカラ』一九五三年七月号）／駅弁の旨さに就て（『あまカラ』一九五五年一一月号）／信越線長岡駅の弁当（『読売新聞』一九七一年五月二六日）／忙中の閑（未詳）／人間らしい生活（未詳）／帰郷（『熊本日日新聞』一九五七年五月二四日夕刊）／老後（未詳、一九六三年七月）／東北本線（『文芸』一九七四年九月号）／道端（『海』一九七五年一一月号）

編集付記

一、本書は、著者の鉄道旅行とそれにまつわる酒・食のエッセイを独自に編集し、短篇小説二篇「東北本線」「道端」、観世栄夫「金沢でのこと」（『吉田健一著作集』20巻月報・一九八〇年五月）を併せて収録したものである。

一、集英社版『吉田健一著作集』を底本とし、旧字旧仮名遣いを新字新仮名遣いに改めた。底本中、明らかな誤植と思われる箇所は訂正し、難読と思われる文字にはルビをふった。「姫路から博多まで」のみ初出誌を底本とした。

一、本文中に今日からみれば不適切と思われる表現もありますが、作品の時代背景および著者が故人であることを考慮し、底本のままとしました。

中公文庫

汽《き》車《しゃ》旅《たび》の酒《さけ》

2015年2月25日　初版発行
2016年8月5日　5刷発行

著　者　吉《よし》田《だ》 健《けん》一《いち》

発行者　大橋 善光

発行所　中央公論新社
〒100-8152　東京都千代田区大手町1-7-1
電話　販売 03-5299-1730　編集 03-5299-1890
URL http://www.chuko.co.jp/

DTP　平面惑星
印　刷　三晃印刷
製　本　小泉製本

Published by CHUOKORON-SHINSHA, INC.
Printed in Japan　ISBN978-4-12-206080-7 C1195

中公文庫既刊より

あ-13-5
空旅・船旅・汽車の旅
阿川弘之
鉄道のみならず、自動車・飛行機・船と、乗り物全般に並々ならぬ好奇心を燃やす著者。高度成長期前夜の交通文化が生き生きとした筆致で甦る。〈解説〉関川夏央
206053-1

あ-13-3
高松宮と海軍
阿川弘之
「高松宮日記」の発見から刊行までの劇的な経過を明かし、第一級資料のみが持つ迫力を伝える。時代と背景を解説する「海軍を語る」を併録。
203391-7

あ-13-4
お早く御乗車ねがいます
阿川弘之
にせ車掌体験記、日米汽車くらべなど、日本のみならず世界中の鉄道に詳しい著者が昭和三三年に刊行した鉄道エッセイ集が初の文庫化。〈解説〉関川夏央
205537-7

あ-13-6
食味風々録
阿川弘之
生まれて初めて食べたチーズ、向田邦子との美味談義、海軍時代の食事話など、多彩な料理と交友を綴る、自叙伝的食随筆。〈巻末対談〉阿川佐和子〈解説〉奥本大三郎
206156-9

あ-60-1
トゲトゲの気持
阿川佐和子
襲いくる加齢現象を嘆き、世の不条理に物申し、女友達と笑って泣いて、時には深ーく自己反省。アガワの真実は女の本音。笑いジワ必至の痛快エッセイ。
204760-0

あ-60-2
空耳アワワ
阿川佐和子
喜喜怒楽楽、ときどき哀。オンナの現実胸に秘め、懲りないアガワが今日も行く！ 読めば吹き出す痛快無比の「ごめんあそばせ」エッセイ。
205003-7

い-116-1
食べごしらえ おままごと
石牟礼道子
父がつくったぶえんずし、獅子舞にさしだした鯛の身。土地に根ざした食と四季について、記憶を自在に行き来しながら多彩なことばでつづる。〈解説〉池澤夏樹
205699-2

各書目の下段の数字はＩＳＢＮコードです。978－4－12が省略してあります。

う-9-4
御馳走帖
内田百閒《ひゃっけん》
朝はミルク、昼はもり蕎麦、夜は山海の珍味に舌鼓をうつ百閒先生の、窮乏時代から知友との会食まで食味の楽しみを綴った名随筆。〈解説〉平山三郎
202693-3

う-9-5
ノラや
内田百閒
ある日行方知れずになった野良猫の子ノラと居つきながらも病死したクルツ。二匹の愛猫にまつわる愛情と機知とに満ちた連作14篇。〈解説〉平山三郎
202784-8

う-9-6
一病息災
内田百閒
持病の発作に恐々としつつも医者の目を盗み麦酒をがぶがぶ……。ご存知百閒先生が、己の病、身体、健康について飄々と綴った随筆を集成したアンソロジー。
204220-9

か-2-7
小説家のメニュー
開高健
ベトナムの戦場でネズミを食い、ブリュッセルの郊外の食堂でチョコレートに驚愕。味の魔力に取り憑かれた作家による世界美味紀行。〈解説〉大岡　玲
204251-3

か-2-6
開高健の文学論
開高健
抽象論に陥ることなく、徹頭徹尾、作家と作品だけを見つめた文学批評。内外の古典、同時代の作品、そして自作について、縦横に語る文学論。〈解説〉谷沢永一
205328-1

か-2-3
ピカソはほんまに天才か　文学・映画・絵画…
開高健
ポスター、映画、コマーシャル・フィルム、そして絵画。開高健が一つの時代の類いまれな眼であったことを痛感させるエッセイ42篇。〈解説〉谷沢永一
201813-6

き-7-5
春夏秋冬 料理王国
北大路魯山人
美味道楽七十年の体験から料理する心、味覚論語、食通閑談、世界食べ歩きなど魯山人が自ら料理哲学を語り、手掛けた唯一の作品。〈解説〉黒岩比佐子
205270-3

き-7-3
魯山人味道
北大路魯山人
平野雅章編
書・印・やきものにわたる多芸多才の芸術家・魯山人が終生変らず追い求めたものは〝美食〟であった。折りに触れ、書き、語り遺した美味求真の本。
202346-8

各書目の下段の数字はISBNコードです。978－4－12が省略してあります。

キ-3-14
ドナルド・キーン自伝
ドナルド・キーン
角地幸男 訳
日本文学を世界に紹介して半世紀。ブルックリンの少年時代から、齢八十五に至るまで、三島由紀夫ら作家たちとの交遊など、秘話満載で描いた決定版自叙伝。
205439-4

キ-3-13
私の大事な場所
ドナルド・キーン
はじめて日本を訪れたときから六〇年。ヨーロッパに憧れていたニューヨークの少年にとって、いつしか日本は第二の故郷となった。自伝的エッセイ集。
205353-3

さ-61-1
わたしの献立日記
沢村 貞子
女優業がどんなに忙しいときも台所に立ちつづけた著者が、日々の食卓の参考にとつけはじめた献立日記。工夫と知恵、こだわりにあふれた料理用虎の巻。〈解説〉平松洋子
205690-9

た-15-6
富士日記（上）
武田百合子
夫泰淳と過ごした富士山麓での十三年間の日々を、澄明な目と天性の無垢な心で克明にとらえ天衣無縫な文体でうつし出した日記文学の傑作。田村俊子賞受賞作。
202841-8

た-15-7
富士日記（中）
武田百合子
天性の芸術者である著者が、一瞬一瞬の生を特異な感性でとらえ、また昭和期を代表する質実な生活をあますところなく克明に記録した日記文学の傑作。
202854-8

た-15-8
富士日記（下）
武田百合子
夫武田泰淳の取材旅行に同行したり口述筆記をする傍ら、特異の発想と表現の絶妙なハーモニーで暮らしの中の生を鮮明に浮き彫りにする。〈解説〉水上 勉
202873-9

た-15-5
日日雑記
武田百合子
天性の無垢な芸術者が、身辺の出来事や日日の想いを、時には繊細な感性で、時には大胆な発想で、心の赴くままに綴ったエッセイ集。〈解説〉巖谷國士
202796-1

た-15-4
犬が星見た ロシア旅行
武田百合子
生涯最後の旅を予感した夫武田泰淳とその友竹内好に同行し、旅中の出来事や風物を生き生きと捉え克明に描く。読売文学賞受賞作。〈解説〉色川武大
200894-6

た-28-17
夜の一ぱい
田辺 聖子
浦西和彦 編
友と、夫と、重ねた杯の数々……。四十余年の長きに亘る酒とのつき合いを綴った、五十五本のエッセイを収録、酩酊必至のオリジナル文庫。〈解説〉浦西和彦
205890-3

た-34-5
檀流クッキング
檀 一雄
この地上で、私は買い出しほど好きな仕事はない——という著者は、人も知る文壇随一の名コック。世界中の材料を豪快に生かした傑作92種を紹介する。
204094-6

た-34-6
美味放浪記
檀 一雄
著者は美味を求めて放浪し、その土地の人々の知恵と努力を食べる。私達の食生活がいかにひ弱でマンネリ化しているかを痛感せずにはおかぬ剛毅な書。
204356-5

た-34-7
わが百味真髄
檀 一雄
四季三六五日、美味を求めて旅し、実践的料理学に生きた著者が、東西の味くらべはもちろん、その作法と奥義も公開する味覚百態。〈解説〉檀 太郎
204644-3

つ-2-9
辻留 ご馳走ばなし
辻 嘉一
茶懐石の老舗の主人というだけでなく家庭料理の普及につとめてきた料理人が、素材、慣習を中心に、六十余年にわたる体験を通して綴る食味エッセイ。
203561-4

つ-2-11
辻留・料理のコツ
辻 嘉一
材料の選び方、火加減、手加減、味加減——「辻留」の二代目主人が、料理のコツをやさしく手ほどきする。家庭における日本料理の手引案内書。
205222-2

つ-2-14
料理のお手本
辻 嘉一
ダシのとりかた、揚げ物のカンどころ、納豆に豆腐にお茶漬、あらゆる料理のコツと盛り付け、四季のいろどりも豊かな、家庭の料理人へのおくりもの。
204741-9

つ-2-13
料理心得帳
辻 嘉一
茶懐石「辻留」主人の食説法。ひらめきと勘、盛りつけのセンス、よい食器とは、昔の味と今の味、季節季節の献立と心得を盛り込んだ、百六題の料理嘉言帳。
204493-7

各書目の下段の数字はISBNコードです。978－4－12が省略してあります。

つ-2-12
味覚三昧
辻　嘉一

懐石料理一筋。名代の包宰、故、辻嘉一が、日本中に足を運び、古今の文献を渉猟して美味真味を探究。二百余に及ぶ日本食文化と味を談じた必読の書。

204029-8

ま-17-14
文学ときどき酒　丸谷才一対談集
丸谷才一

吉田健一、石川淳、里見弴、円地文子、大岡信ら一流の作家・評論家たちと丸谷才一が杯を片手に語り合う。最上の話し言葉に酔う文学の宴。〈解説〉菅野昭正

205500-1

ま-17-13
食通知ったかぶり
丸谷才一

美味を訪ねて東奔西走、和漢洋の食を通して博識が舌上に転がすは香気充庖の文明批評。序文に夷齋學人・石川淳、巻末に著者がかつての健啖ぶりを回想。

205284-0

よ-17-9
酒中日記
吉行淳之介編

吉行淳之介、北杜夫、開高健、安岡章太郎、瀬戸内晴美、遠藤周作、阿川弘之、結城昌治、近藤啓太郎、生島治郎、水上勉他——作家の酒席をのぞき見る。

204507-1

よ-17-10
また酒中日記
吉行淳之介編

銀座や赤坂、六本木で飲む仲間との語らい酒、先輩たちと飲む昔を懐かしむ酒——文人たちの酒にまつわる出来事や思いを綴った酒気漂う珠玉のエッセイ集。

204600-9

よ-17-12
贋《にせ》食物《しょくもつ》誌《し》
吉行淳之介

たべものを話の枕にして、豊富な人生経験を自在に語る、洒脱なエッセイ集。本文と絶妙なコントラストを描く山藤章二のイラスト一〇一点を併録する。

205405-9

こ-30-3
酒肴《しゅこう》奇《き》譚《たん》　語部《かたりべ》醸児《じょうじ》之《の》酒肴譚《しゅこうたん》
小泉　武夫

酒の申し子「諸白醸児」を名乗る醸造学の第一人者で、東京農大の痛快教授が〝語部〟となって繰りひろげる酒にまつわる正真正銘の、とっておき珍談奇談。

202968-2

う-30-1
「酒」と作家たち
浦西和彦編

『酒』誌に掲載された、川端康成、太宰治ら作家たちとの酒縁を綴った三十八本の名エッセイを収録。酌み交わし、飲み明かした昭和の作家たちの素顔。

205645-9